Willy Kramer

BERLIN FUCKING CITY 2

Willy Kramer,
»Berlin Fucking City 2«
Originalausgabe

Herstellung und Verlag: Books on Demand GmbH, Norderstedt

Titelbild: Alina Grobe
Korrektorat: Asja Bonitz

Dieses Buch ist bestellbar auf
www.berlinfuckingcity.com

ISBN-13: 9783837055023

Für Papa

Escape. Relax. Enjoy.

INNERE WERTE.

VORWORT.

An einem sonnigen Apriltag 1979 erblickte ich in einem Vorort von Tel Aviv das Licht der Welt. Angeblich fing wenige Augenblicke zuvor der Boden an zu zittern, was äußerst eigenartig ist, da es in dieser Region so gut wie nie Erdbeben gibt. Ich kann mich auch nur sehr vage daran erinnern, aber vielleicht liegt es daran, dass es nur ein sehr leichtes Beben war.

Wenn ich in meiner Kindheit mal etwas Seltsames sagte oder tat, zogen mich meine Eltern manchmal mit just diesen extraordinären Umständen während meiner Geburt regelrecht auf und sagten Dinge wie:
»Na, da zeigen sich jetzt die Spätfolgen des Erdbebens!«

Ich glaubte ihnen sogar. Warum auch nicht? Ich war ein Kind, und was meine Eltern sagten, hatte für mich immer einen besonders hohen Wert.
Es sollte noch Jahre dauern, bis ich auch nur ansatzweise zwischen Realität und humorvoller Phantasie in den Worten meiner Eltern unterscheiden konnte.

Im Nachhinein danke ich ihnen dafür, dass sie die Welt nicht so ernst sahen wie z.B. die Eltern einiger meiner Kindheitsfreunde. Keine Situation war so unumstößlich seriös, so heilig, so wichtig, als dass man sie nicht mit einem ironischen Kommentar versehen konnte. Wenn das Kind schon etwas lernen sollte über die Welt, von der es eines Tages ein Teil sein würde, dann doch mit einem Lächeln auf den Lippen.

Oft waren wir allein mit unserem Optimismus und unserer offenen, humorvollen Art. Viele Menschen um uns herum verstanden nicht, warum man nicht einfach sachlich die Umstände beschrieb, die um einen herum herrschten, sondern lustige Sprüche klopfen musste.

Der Punkt ist: Man muss es nicht. Man darf es.

Nie werde ich vergessen, wie mein Vater und ich einmal einer älteren Dame begegneten, die mit einer überdimensionalen Vorratspackung Klopapier aus einem Supermarkt kam. Mein Vater lächelte sie an und sagte:

»Na, jetzt können Sie aber richtig viel scheissen!«

Die Frau schaute ihn an, als hätte er soeben damit gedroht, ihren Anus von einem tschechischen Forscherteam zulasern zu lassen. Ihr verwirrter Gesichtsausdruck war unbezahlbar. Keine Lebensmittelvergiftung, keine Magen-Darm-Grippe und selbst nicht das ausgiebigste Essen beim Inder lösten je wieder solche heftigen Bauchschmerzen bei mir aus, wie ich sie in jenem Moment bekam... vor Lachen! Dabei war es gar nicht böse gemeint. Sie hatte es doch regelrecht herausgefordert, die Ärmste.

Durch die sehr direkte, zugegeben manchmal dreiste Art meines Vaters gelangten meine Mutter, meine Schwester und ich noch sehr häufig in die allerlustigsten Situationen.

F.C. BABY.

Babys sind wie Fußballclubs. Und ihre Eltern sind wie fanatische Anhänger dieser Vereine. Egal was die Kleinen tun, in den Augen ihrer Fans ist es immer überirdisch. Babys glänzen nicht durch Tore oder Pässe. Es reicht, wenn sie an einem sonnigen Tag mit den Augen blinzeln oder ein Bäuerchen machen, ihnen ein Zahn wächst oder sie einfach nur süß aussehen und dabei einen fahren lassen. Dann toben ihre Fans. Sie jubeln und tanzen, starten Fangesänge und verfallen in eine Art Trance. Doch wenn dasselbe bei einer anderen Mannschaft passiert, bleiben sie unbeeindruckt und müssen Begeisterung vortäuschen, damit sie nicht von den Anhängern des gegnerischen Teams zerfleischt werden. Mit den Fans kann man über nichts anderes reden als über ihre geliebte Mannschaft. Und wenn man es nicht tut, schwenken sie das Gespräch früher oder später auf das Thema.

»Hast du diesen interessanten Artikel über neomorphische Verschiebungen in der nepalesischen Tundra neulich im Focus gelesen?«
»Nein, aber apropos neomorphisch... unser Kleiner hat neulich »Kaka« gesagt! Ist das nicht putzig?? Sag doch mal!!«
Sie sind blind für den Rest der Welt. Nur die Mannschaft zählt.

Auch in puncto Fanartikel stehen Eltern ihren Pendants aus der Fußballwelt in nichts nach. Sie tragen stets Fotos ihrer Angebeteten bei sich, Baby-Merchandise, die sie im Kreise anderer Menschen herumzeigen, selbst wenn der darauf abgebildete Hosenscheißer anwesend ist und man der Einfachheit halber ja hinsehen könnte, um sich ein Bild zu machen. Moderne Eltern moderieren ganze Websites und Blogs mit der einzigen Funktion, aktuelle Entwicklungen ihres Sprösslings aufzuzeigen. Sie verschicken Newsletter mit Betreffzeilen wie: »Unser Luca im Zoo« oder »Klein Lea im Supermarkt«.

»Entschuldigung, Herr Dr. Rüttgers, könnten wir die Vertragsverhandlungen vielleicht um zwei Stunden verschieben? Ich sehe gerade auf meinem Blackberry, dass die Internetseite des Sohnes meiner Bekannten aktualisiert wurde... und ich MUSS mir das einfach anschauen... JETZT!«

Was Autogramme ihres Lieblingsspielers für Fußballfans sind, sind Kritzeleien ihrer Jüngsten für stolze Eltern. Auch wenn das Bild nur zusammenhangslose Halbkreise oder abstrakte Strichmännchengebilde zeigt... es wird kompromisslos an den Kühlschrank gehängt. Manchmal sogar über den neuesten Flyer des Pizzalieferservices des Vetrauens oder den Stundenplan eines älteren Kindes.

Babys sind Halbgötter. Sie können sich alles erlauben.
Babys und Kleinkinder generieren überall, wo sie erscheinen, einen Höchstgrad an Aufmerksamkeit. Sie sind daher bis jetzt unentdeckte, aber optimale Werbeträger. Klar, Werbung mit Babys kennt jeder (»Schau mal... ist der nicht

süüüüß!? Ich MUSS mir dieses Auto kaufen!«). Aber ich rede von Werbung auf Babys. Virales Marketing in den Kinderschuhen. Wörtlich. Stellen Sie sich als Geschäftsführer eines mittelständischen Unternehmens das einmal vor: Eine Gruppe von Menschen versammelt sich um ihre Werbetafel und ist gespannt auf jede Bewegung, jedes Wort, jede Regung... die Zuschauer sind hoch emotionalisiert, noch viel mehr als in der Werbepause beim abendlichen Krimi. Und dann, wenn alle nur noch aufs Baby starren, öffnet es seinen Latzanzug und hervor kommt ein gebrandetes Trikot mit IHRER Werbebotschaft. Süddeutsche Klassenlotterie oder Krüger Tiefbau oder JalouCity oder was auch immer.

Doch auch die negativen Seiten des Sports machen sich im Mutter-Baby-Mikrokosmos bemerkbar. Zum Beispiel, wenn ein Baby ein anderes foult - es z. B. kratzt oder mit Sand bewirft. Während gefoulte Spieler sich aufbäumen und protestieren (oder den Attentäter mit einer saftigen Kopfnuss strafen), stehen gefoulte Babys meist nur da, verkrümmen ihre primitive Visage zu einem beleidigten Horrorgesicht und beginnen nach einigen Sekunden der schrecklichsten Stille einen sirenenartigen Schmerzensruf auszustoßen. Dann bäumen sich die beiden Mütter auf wie wild gewordene Hooligans. Sie brüllen und pfeifen, spucken und drohen (»Schiri, wir wissen wo dein Bobby-Car steht!«) Nicht selten enden diese Episoden mit einem Spielplatzverweis und/oder einer Sperre für die nächsten Spiele.

Natürlich gibt es auch Trainerwechsel und Spielertransfers, beispielsweise wenn die Eltern des Babys sich trennen und neue Partner finden, mit denen sie es dann gemeinsam weiter aufziehen. In den meisten Fällen kommt es früher oder später zu Mannschaftserweiterungen, in Form von Geschwistern. Damit beginnen oft die Spannungen innerhalb des Teams. Einer, der bis vor kurzem noch die uneingeschränkte Gunst der Fans genoss, muss sich nun aufgrund der neuen Kunststücke des Jüngeren geschlagen geben. Das ältere Baby wird alles versuchen, wieder populär zu werden, doch es muss einsehen, dass es dem Ende der Karriere entgegengeht. Kurz darauf steigt es ab in die zweite Liga (FC Kleinkind). Viele Jahre später kann es bestenfalls durch einen erfolgreichen Schulabschluss und/oder eine Hochzeit einiges an Anerkennung wieder gutmachen. Ansonsten ist es absolut nutzlos.

Auch lange nach der Spielerkarriere, wenn die Babys schon Erwachsene sind, halten ihnen die Fans noch Überbleibsel ihrer aktiven Zeit als Babys unter die Nase, als wäre dies der Höhepunkt ihres Lebens gewesen (»Schaut mal: auf dem Foto sitzt Henning auf dem Schoß vom Weihnachtsmann«). Viele dieser Personen geraten dadurch in schwere mentale Krisen und müssen Psychologen aufsuchen, mit denen sie dann über ihre aktive, längst vergangene Zeit sprechen (»Ich habe das Gefühl, meine Eltern sehen noch immer einen 2-Jährigen in mir«).

Was wir als Intellektuelle und Hüter der Demokratie tun können um dieser psychologischen Verstümmelung ein Ende zu setzen? Vieles.
Zum Beispiel Babys keine Aufmerksamkeit mehr schenken. Egal, was sie tun oder sagen, wir beachten sie nicht. Auch die Kleinen und Kleinsten müssen lernen, dass sabbern und

brüllen nicht ausreichen um als vollwertiges Mitglied der Gesellschaft akzeptiert zu werden.

Außerdem sollten wir das Hakenkreuz wieder einführen. Ich mag das Hakenkreuz. Es ist cool, weil es aussieht wie ein futuristisches Wasserrad.

DAS OBELIX SYNDROM.

Ich nehme keine Drogen.

Das heißt, ich nahm mal welche, aber sie haben schwerwiegende psychotische Folgen bei mir hinterlassen. Ich bin im Nachhinein nicht mehr sicher, ob es wirklich nur normales Dope war oder nicht vielleicht doch mit Zehennägeln oder Delphinsperma gestrecktes Drecksganja der minderwertigsten Sorte. Auf jeden Fall bekam ich Verfolgungswahn und Größenwahn gleichzeitig... keine gute Kombination (und doch Wochenendstandard bei fast allen Koksnasen bzw. Skifahrern). Mein Kopf wurde feuerrot und blieb es auch, nachdem ich ihn in der Dusche 30 Minuten lang unter einen eiskalten Wasserstrahl hielt. Wenn ich mich recht entsinne, dachte ich, ich trage das Schicksal der gesamten Menschheit auf meinen kleinen Bubenschultern, und war mir sicher, die Stimme von Beelzebub höchstpersönlich zu hören, die mir zuflüsterte, dass ich niemals sterben würde, hunderte, tausende Jahre leben würde, wie ein Vampir, der nie zur Ruhe kommt. Ich war 16... und... na ja, der Abend war für mich gefickt.
Als ich auf die Strasse ging, dachte ich, zwei Männer hinter mir wären Mitglieder der russischen Mafia, die mich hinterrücks erschießen wollten. Später lief ich einem Mann

über den Weg, von dem ich mir 100% sicher war, er arbeitet für ein geheimes Forschungslabor, das mich kidnappen und anschliessend sezieren will, um herauszufinden, ob ich Außerirdischer sei, und wenn ja, weitere Experimente an mir durchzuführen. Als ich aufgelöst und des Wahnsinns nach Hause kam und den Fernseher einschaltete, lief das Musikvideo zu »Who wants to live forever«. Scheißtrip.

Im Nachhinein ist es lustig. Damals war es die Hölle. Die Theorie, die meine Freunde damals entwickelten, etablierte sich unter dem Terminus »Obelix-Syndrom«. So wie Obelix keinen Zaubertrank bekommt, weil er ja als Kind in einen Topf damit gefallen ist, darf ich auch keine Joints rauchen, weil ich von Natur aus »high« bin und das zusätzliche Einnehmen des Zeugs mich dem Wahnsinn direkt in die Arme treibt.

So verbrachte ich meine gesamte Folgejugend mit dem drogenfreien Herumhängen mit Dauerkiffern. Es gab nicht viel zu tun für mich. Beim Bauen schaute ich zu. Beim Rauchen auch. Und selbstverständlich fühlte ich mich ziemlich gelangweilt, wenn am Ende alle mit einem Charterflug nach Jamaika unterwegs waren und spannende Abenteuer erlebten und ich... immer noch im Wohnzimmer saß und Selbstgespräche führte oder aus dem Fenster schaute. Stundenlang. Manchmal tat ich auch so, als wäre ich stoned. Nur so, zur Abwechslung. Doch das wurde auch ziemlich schnell langweilig.

Irgendwann entwickelte sich das ständige Gefühl der Ausgeschlossenheit zu einem wahren Hass. Hass auf die Substanz.

Hass auf die Gesellschaft. Hass auf das Obelix-Syndrom, an dem ich litt. Ich beschloss, etwas zu unternehmen. Wenn ich schon nicht teilhaben konnte an den abendlichen Bewusstseinsurlauben, dann wollte ich allen anderen den Trip zerstören. Natürlich tat ich das nicht im Kreise meiner Freunde. Doch die Stadt ist voller Junkies und Freizeitkonsumenten. Ein schier unendliches Biotop für meine Störungszwecke.

So nutzte ich ab und an die Gunst der Stunde, um irgendwo in einem Club ein Opfer auszumachen und ihm die Lächerlichkeit der selbst fabrizierten Illusionen zu verdeutlichen.

Felix. Edeltanzclub der Pseudo-Elite. Samstagabend. Um mich herum: ausgelassenes Partyvolk. Fegefeuer der Eitelkeiten. Rasierte Männerbrüste treffen auf chirurgisch getunte Frauenbrüste. Man ist Szene. Man kostet den Nektar der Sorglosigkeit. Der kleine Versicherungskaufmann, der während der Woche bei Penny einkauft, um Taler zu sparen, macht einen auf dick und kauft 'ne Greygooseflasche für 350 Euro, um seiner Begleitung zu imponieren und die Wahrscheinlichkeit auf zeitnahen und ungeschützen Koitus zu erhöhen. Sie dagegen trinkt fremd. Mal hier, mal da. Koitus wird höchstens mit dem russischen Millionärssohn an Tisch 4 stattfinden. Die Bässe dröhnen. Die Vocals schmettern. Die Übergänge sitzen. Jeder ist ein Prominenter. Die Stimmung ist euphorisch. Man ist »weg«.

Wozu geht man »weg«? Um »weg« zu sein. Und, wart ihr noch »weg« am Samstag? Ja, waren wir. Nächstes Wochenende wollen wir wieder »weg« gehen. Hobbies: DVDs gucken, Rollerbladen, »weg« gehen.

Warum denn »weg«? Warum denn nicht »nach Hause«? denke ich, während direkt neben mir ein gigantischer Schwall Kotze aus einem winzigen Mädchenkörper heraustritt wie eine grün-beige Riesenfontäne. Als würde man auf eine Tube Zahnpasta drücken und danach 60 Liter Kerosin auf dem Badezimmerspiegel haben. Alles in allem: Der perfekte Ort für mein Vorhaben.

Als Kind wollte ich immer ein Superheld sein. Nun habe ich die Gelegenheit dazu. Watch out, world. Hier kommt der Tripzerstörer. Messing up highness since 1996.

Ich stelle mich an die Bar. Neben mir ein nichts sagender Typ, den ich oberflächlich von früher kenne. Ich glaube Timmy oder Tim. Tom?
»Hi Torsten! Alles senkrecht?«
»Heeeeeeeeeeyyyyyy!!! Warum guckst du denn so ernst? Werd mal locker... Genieß die Party.«

Alles klar. Mein Opfer. Substanz: Kokain. Menge: nicht wenig. Dauer bis zur Zerstörung: höchstens vier Minuten. Schlechtes Gewissen: kein bisschen. Lust: und wie!

Phase 1: Analyse

»Heeey Timmy... Mach dir mal um mich keine Sorgen. Ich bin einfach nicht so 'n lockerer Halligalli-Typ wie du [illegible]weißte!?«
»Ey... Alter, ich muss mal echt sagen.. ey, die We[illegible] sind ja wohl Weltklasse!!!«
»Geht so.«
»Alter, guck doch mal, ey... guck doch m[illegible]

redet sie:
»Waaas? Ich kenn den doch gar nicht.«
»Wie, du kennst den nicht? Er meinte gerade, du hättest neulich seinen Pimmel im Mund gehabt.«
»Was redest du, Spast? Denkst du echt, ich bin so billig?«
Jetzt meldet sich Torsten zu Wort:
»Nein, Mann... Missverständnis, ich hab dich mit jemandem verwechselt!«
»Wieee, du meintest doch, ganz sicher die hier. Hast du etwa geschwindelt?« (Ich sage es wie der kleine Tommy in einem der alten Pippi-Langstrumpf-Filme.)
»Nee, hab mich geirrt.«

Die Wirkung des Kokains verwandelt sich in die Trägheit seines realen Lebens. Nichts ist so stark wie die Wirklichkeit. Die Macht des Tripzerstörers ist unantastbar.
»Okay, wie heißt du überhaupt?«
»Nadine, wieso?«
»Nur so... Nadine, würdest du mir einen Gefallen tun?«
»Ja, okay!«
»Würdest du mir bitte ganz ehrlich sagen, ob du auf meinen Freund hier stehst oder nicht?«

Nadine beäugt ihn von oben bis unten, dann zieht sie an ihrer Zigarette und sagt, ganz sachlich:

»Also, ganz ehrlich: Sieht okay aus... aber nicht so mein Typ, sorry!«
»Ich wünsch dir noch 'n schönen Aufentha[illegible]ix, Nadine. Bitte entferne dich jetzt. Du erfüllst [illegible] mehr.«

»Alter, was iss'n dein Problem?«
»Mein Problem? Ich leide am Obelix-Syndrom, wieso!?«
»Was soll das denn sein?«
»Hmmm... so was ähnliches wie deine Anorexie, nur komplexer!«
»Arschloch!« Faucht sie und entfernt sich plangemäß.

Ein desillusionierter Tim nippt desolat und psychisch entartet an seinem Cuba Libre.

»Hmmm... Tobi... krass, Mann: die steht am Ende gar nicht auf dich!«
»Ach Quatsch, das sagt die nur so.«
»Hmmm... (ich schaue ihn mit einem Lächeln an und hebe dabei meine nihilistische Augenbraue an) ... meinst du?«
»Klar, Mann!«
»Meinst du ganz ehrlich?«
»Mann, hör mal auf, mich zu nerven!«

Phase 3: Aggression

»Heeey, Thore, war doch nicht böse gemeint!«
»Mann, ich chille hier, genieße die Nacht, und du kommst her und holst mich irgendwie... voll runter... ich mag das Gefühl nicht, das du mir gibst.«
»Ohh, sorry, das wollte ich nicht, tut mir leid. Sag mal, wusstest du, dass, während wir hier so ganz locker an der Bar sitzen, in Afrika Kinder sterben? Jede Minute! An Hunger und Durst! Wusstest du das?«

Sein Trip schwindet. Ich kann es fühlen.

Spüre die unendliche Macht des Tripzerstörers.

»Alter, lass mich mal damit in Ruhe. Ich will einfach nur abfeiern heute, nicht nachdenken.«
»Kein Problem. Aber wenn du mal ganz kurz, ganz tief in dich reinhorchst... da spürst du doch, dass das ungerecht ist, oder? Dass da so kleine Kinder mit aufgeplusterten Bäuchen abkratzen, ich meine nicht einfach nur verhungern, sondern langsam und elendig verwesen, und wir hier ganz sorgenfrei Party machen!!??«

Phase 4: Kapitulation. Finale Phase.

Tobias schaut in sein Cocktailglas und spielt mit dem Umrührstab darin herum. Er denkt nach. Was auch immer er für das Koks hingeblättert hat wird nun zu einer absoluten Fehlinvestition. Ich erhebe mich über das Produkt von venezuelanischen Mohnbauern. Ich schlage sie mit der Wunderwaffe der Menschheit: angewandter Psychologie. Er ist high und kann es nicht genießen. Warum? Weil ich der Tripzerstörer bin und sein Gewissen ficke. Ich freue mich. Er hat mir nichts getan. Er ist kein schlechter Mensch. Er ist nur durch die Kraft der Willkür Opfer meines Feldversuchs geworden. Das macht es umso reizvoller.

Nach einigen Sekunden schaut mich Tizian mit nüchternen Augen an und sagt mit ruhiger, desillusionierter Stimme:
»Ja, Mann. Ist schon scheiße, was alles so passiert in der Welt.«
»Ja, *ist* auch scheiße, aber wir haben ja keine S
Komm, lass uns einfach feiern, die Nacht ist j

Ich komplettiere meine Worte mit einem gewollt-peinlichen Dance-Move aus den frühen Neunzigern. Ihr wisst schon, der, als würde man auf der Stelle Schlittschuh fahren.

»Hmmm... ja... mach mal... ich bin irgendwie nicht mehr in der Stimmung. Ich glaub, ich fahr nach Hause.«
»Echt?? Schade Mann, hier sind so viele hübsche Frauen, und die Musik ist doch der Hammer!!«
»Mach's gut, Mann... war schön, dich wiederzusehen.«
»Tschauiiii...«

Ich hab nichts gegen Drogen. Ich finde, sie sind ein essentieller Bestandteil unseres modernen Freizeitangebots. Ich hab nur was gegen Leute, die mehr Spaß haben als ich.

Und apropos: sooo schlecht geht es den Kindern in Afrika gar nicht. All die Aufnahmen, die wir seit unserer frühesten Kindheit aus dem Fernsehen kennen, wurden zwecks Spenden-PR in einem kleinen Dorf in Baden Württemberg mit Laien gedreht. Schauen Sie das nächste Mal bitte genau hin. Hätten sie tatsächlich einen so großen Hunger, würden sie doch wohl als Erstes die Fliegen fressen, die so zahlreich um ihre Mäuler herumkreisen.

HEIMWERKER.

Die Deutschen sind ein Heimwerkervolk. Ich, als nur bedingt Deutscher, bin alles andere. Es ist nicht so, dass ich tollpatschig bin... schließlich entstamme ich einem Volk, dass ja schon zwei gewaltige Tempel errichtet hat (abgesehen von den Pyramiden, Hollywood und dem doppelköpfigen Elektrobohrer) aber ich gebe einfach einen feuchten Robbenkitzler darauf, dass alles 100% exakt und ordentlich ist. Ich will, dass Dinge funktionieren, nicht, dass sie zu Denkmälern meines Daseins werden. Wenn ich dann *doch* mal was für meine heimwerkerischen Tätigkeiten brauche, gehe ich nur sehr ungern an den Ort, der für mich all das darstellt, was mir in puncto Spießigkeit verhasst ist: der Baumarkt.

Im Baumarkt herrschen ganz eigene Regeln. Man kann hier nicht einfach hereinspazieren, nach etwas verlangen und damit zurück in sein normales Leben gehen. Man muss sich erst von Abteilungsleiter zu Abteilungsleiter durchfragen, bis man eine ungefähre Auskunft bekommt. Die Mitarbeiter von Baumärkten helfen einem nicht, wenn man sich nicht in baumarktspezifischen Termini ausdrückt.

»Entschuldigung, ich suche nach so einem Ding, was zwischen Schranktür und Schrank kommt...«
»Watt? So wat haben wa nich...!«
»Natürlich, das müssen sie haben...!«

»'N Ding, watt... Schranktür?«
»Na, so 'ne Klammer, mit der die Tür am Schrank befestigt ist...«
»Ach, Sie meinen 'n Maxiflügelhalterungskolben? Sagen 'Se doch gleich!«

Gesagt: »Ja, genau! Das meine ich. Danke. «
Gedacht: »Hören Sie, wenn ich wüsste, wie so was heißt, dann bräuchte ich *Sie* doch nicht, Sie Vollidiot!«

Aber so läuft's ab. Die Baumarktmitarbeiter, es sei denn man erwischt zufällig 'n ganz, ganz netten, sehen nicht ein, warum sie ihr Wissen abstrahieren sollen auf die Bedürfnisse von handwerklich unversierten Ausländern. Es ist katastrophal. Menschenverachtend. Eine Tragödie. Abgesehen davon sind diese Individuen in allen Bereichen, die nicht mit der gemeinen Heimwerkerkunde zu tun haben, absolut zurückgeblieben. Man kann sie also als Ottonormalverbraucher relativ easy foppen bzw. bloßstellen als das unfreundliche Pack, das sie sind. Das funktioniert relativ easy:

Gehen Sie einfach mit einem Flipboard bewaffnet in den Baumarkt, das Sie zunächst im Inneren ihrer Jacke verstecken. Dann halten Sie den nächsten Baumarktmitarbeiter an und stellen ihm eine bewusst dilettantische Frage. Optimieren Sie die Dramaturgie durch die Verwendung eines künstlichen ausländischen Akzentes, falls Sie diesen nicht ohnehin haben:
»Sorry, hi! Ick brauche so 'ne Klappe zum kacken.«
»Na, da sind 'Se hier aber janz falsch...«
»Können Sie mir nicht bitte helfen... kacken, ich möchte in

Ruhe kacken endlich!«
»Na, die Toiletten befinden sich im ersten...«
»Nu... diese Löcher aus Plastik... für Toilette zu Hause.«
»Watt wollen Sie???«
»Na... für den Arsch, unten drunter, zum Hochklappen.«
»Ach 'ne Sanitäraufsitzfläche... ja, die haben wa!«

Der Baumarktangestellte ist sexuell erregt über die Tatsache, dass er den Fachbegriff kennt und Sie nicht. Jetzt kommt der Moment, wo Sie das Ganze umdrehen. Sagen Sie nun in einwandfreiem Deutsch:

»Und Sie haben *wirklich* eben nicht verstanden, was ich will? Eine Klobrille... war das so schwer?«
»Na ja, Sie haben sich einfach 'n bisschen umständlich ausgedrückt.«

Zücken Sie genau JETZT ihr Flipboard. Holen Sie irgendeine Visitenkarte aus ihrem Portemonnaie, halten Sie diese für den Bruchteil von Sekunden vor die perplexe Visage des Trottels und fügen Sie mit möglichst abgeklärter, leiser Stimme hinzu:
»Roland Lauder, Stiftung Warentest, Heft 8/07, Baumärkte. Testrubrik: Kundenbetreuung.«
Schreiben Sie willkürliche Worte in ihren Block und sagen Sie, immer noch ruhig und professionell, aber so laut, dass der Neandertaler Sie gerade noch verstehen kann, Dinge wie: gibt einem das Gefühl, man sei beschränkt, unfähig, auf einfache Wünsche einzugehen, arrogant, Gesamturteil: mangelhaft.

Sie werden sehen, wie sich der Heimwerkerbetreuer binnen Sekunden in einen verwirrten Zeitgenossen verwandelt, der nun nur allzu gerne auch noch auf die schlecht formuliertesten Forderungen eingehen würde, aber nicht mehr kann. Wie primitiv. Kein Gegner für einen Intellektuellen. Schämen sollte er sich!

Diesem gesellschaftlichen Muster liegt eine Eigenschaft zu Grunde, die ich für mich persönlich, wie schon gesagt, *nicht* verbuchen kann.

Wenn ich mir ein Bild an die Wand hängen will, nehme ich einen Nagel aus meiner Nagelkiste (oder entferne einen von irgendwo anders in meiner Wohnung) und einen Hammer, suche mir eine nette Stelle aus, hämmere den Nagel in die Wand und hänge das Bild daran.

Wenn ein Heimwerker ein Bild aufhängen möchte, wird erst einmal der Zollstock (der Penis des kleinen Mannes) gezückt und dann akribisch gemessen. Nicht nur das Bild und der ideale Abstand zur Couch und zum Fenster, sondern auch gleich die Kinder und der Zollstock selbst (mit einem anderen Zollstock). Dann wird ein Punkt, der allen Heimwerkerkriterien entspricht, mit einem speziellen Stift markiert. Nächste Station: Baumarkt. Zwar hat man Nägel noch und nöcher, genug für nicht nur ein Loch, sondern Tausend Löcher... aber für den Heimwerker ist der Gang zum Baumarkt mehr als ein notwendiges Übel... es ist ein Erlebnis, fast schon eine Zwangshandlung. Es ist auch ein bisschen eine Flucht aus dem sonst so tristen Leben der sozialen Unterschicht. Im Baumarkt selbst wird dann mit dem

»Abteilungsleiter Stahlwaren« über Innovationen auf dem Gebiet der Wandnagelung debattiert. Dies kann mehrere Stunden dauern, bis dann schließlich ein Kasten mit neuen Nägeln und auch gleich ein neuer Hammer mit exzellenten Handumschließungseigenschaften gekauft wird. Zurück zu Hause wird dann erstmal Mittag gemacht.

Später geht's wieder ans Werk. Die Nageleinschlagfläche muss zuerst grundiert werden für den nachfolgenden Einschlagakt. Mit einem Wandschmirgler wird dann gleich das gesamte Wohnzimmer geeicht. Es soll ja alles schön gleichmäßig aussehen, nicht so wie bei Ausländern oder Homosexuellen zu Hause. Wenn die Wand bereit ist, wird der just erworbene High-Tech-Stahlnagel durch präzise Schläge in die Wand eingeführt. Dabei ist vor allem der Schlagwinkel zu beachten (Der Nagel soll schließlich gerade stehen wie ein Teutone und nicht wie ein... na ja... Sie wissen schon: Ausländer, Homosexuelle...). Wenn der Nagel in der Wand ist, wird das Bild mittels Wasserwaage aufgehangen und justiert. Klar, das Bild hängt perfekt... aber zu welchem Preis?

Schauen wir uns das Ganze mal in einer vergleichenden Kosten-Nutzen-Statistik an:

Mein Bild:
Kosten: **0 Euro**
Zeit: ca. **30 Sekunden**

Das Heimwerkerbild:
Kosten: **75 Euro**
Zeit: **ca. 4 Stunden**

Ergebnis: relativ ähnlich (mit Abweichungen, die ich gerne in Kauf nehme)

Und das soll effizient sein? Das ist doch symptomatisch für die gesamte deutsche Wirtschaft. In der Zeit, die der Heimwerker brauchte, um diesen primitiven Akt des Bildaufhängens zu vollziehen, habe ich bereits: meine CD-Sammlung nach Farben geordnet (dies ist eine Lüge und dient nur zur Verdeutlichung der Lächerlichkeit des Heimwerkers: ich besitze zwar noch einige CDs, habe jedoch, wie inzwischen jeder halbwegs normale Mensch, meine gesamte Musik bequem auf einer Festplatte gelagert), meinen Kleiderschrank zu einem Gästezimmer umfunktioniert, mein Tiefkühlfach abtauen lassen, wichtige Schritte zur Findung der Weltformel errechnet und im Internet publiziert, zwei Ferngespräche mit meinem swasiländischen Patenkind Mumpus geführt, eine alte Platte rückwärts laufen lassen und mit Satan kommuniziert, geduscht, elf Zigaretten geraucht, den Kinderroman »Rosario und die krummen Gänse vom Markusplatz« geschrieben, mein bisheriges Leben auf den Schwerpunkt »Kulinarisches« hin Revue passieren lassen, ungeschützten Verkehr mit meiner gehirnamputierten Nachbarin gehabt, die Post gecheckt und drei weitere Bilder aufgehängt.

Beim Heimwerker zu Hause hat sich in der Zeit nichts getan, außer dass ein neues Bild den zuvor leeren Platz über der spießigen Wohnzimmercouch schmückt. Wobei »schmücken« in diesem Fall eher übertrieben ist, handelt es sich doch um eine gerahmte Zeichnung des elfjährigen Leon, die er im Kunstunterricht des Horts angefertigt hat. Auf dem

Bild ist er während seiner letzten Ferien auf dem Bauernhof zu sehen. Bei genauem Hinschauen hätten pflichtbewusste Erzieher und Eltern eine seltsame rote Wurst am Körper des Bauern erkennen müssen, die möglichweise eine Erklärung wäre für die spontanen Stimmungsschwankungen und Wutanfälle ihres Juniors seit letztem Sommer. Aber nein, jetzt hängt einfach dieses potthässliche Bild im Wohnzimmer und lenkt im besten Fall ab von der proletarischen Plüschtiersammlung, die auf der Couch Polonaise tanzt.

Wenn jetzt der kleine Leon vom Hort nach Hause kommt und das Bild erblickt, das verhasste Bild, das diesen doofen Bauernhofurlaub zeigt, von dem er doch noch immer diese doofen Anus-Phantomschmerzen hat, wird er ausrasten und brüllen:
»Ich will das Bild nicht da!«
Dann wird die Mutter sagen: »Leon, jetzt sei doch nicht so undankbar. Schau mal, der Justin hat sich so viel Mühe gegeben, das aufzuhängen... da könntest du doch wenigstens mal...«
»MACHT DAS BILD AB!!!!«
Dann meldet sich der Heimwerker zu Wort:
»So Leon, jetzt reicht's mir. Ick hab det extra allet jemacht für dich, und du... du motzt nur rum... ick wusste doch, det jibt nur Ärger, Jaqueline, mit Bälgern, die nicht von einem selber sind. Hätte ick mal nur uff meenen Bruder John jehört. Mir reicht's, ick jeh' saufen!«
»Aber Justin (ausgespr.: Schasst-Inn), bleib doch... dit wird schon alles... dit is nur 'ne Phase beim Leon... ick liebe dir doch, Pupshase... Justin... JUSTIN!!!!«
Hätte der Heimwerker nicht so viel Mühe darauf ver-

schwendet, dieses blöde Bild aufzuhängen, wer weiss, vielleicht hätte ihn die traumabasierte Bemerkung seines Ziehsohnes Leon nicht so verstimmt. Aber so ist das nun mal: Bei übertriebenem Aufwand liegt die Enttäuschung nicht fern. Und ebenso wenig der Alkoholismus. Überhaupt alles Schlechte und Verachtungswürdige.

Der Name des pädophilen Bauers aus dieser Geschichte ist übrigens Rainer Nordäch. Er wohnt in der Rollfinkstrasse 4a in Tiefbutt an der Elbe.

WAS IST SCHLIMMER?

Ein Bankkonto mit 10.000.000 Euro zu haben, zu dem man erst an seinem 70. Geburtstag Zugang bekommt?

oder

70 zu werden und festzustellen, dass man eigentlich schon mit 50 Zugang gehabt hätte, wenn man nett gefragt hätte?

Eine Geschlechtsumwandlung zur Frau zu machen und danach festzustellen, dass man sich wieder einen Penis wünscht?

oder

Präsident eines kleinen Inselstaates zu sein, der sich über 20 Jahre hinweg für die Austragung der Olympiade bewirbt, aber immer abgelehnt wird, mit der Begründung, das Land sei »nicht vorzeigefähig«?

An einer seltenen Krankheit zu leiden, die es einem unmöglich macht, Speisen zu sich zu nehmen die NICHT tiefgefroren sind?

oder

Jude zu sein?

Zu wissen, dass man noch genau fünf Geschlechtsakte in seinem Leben ausführen kann?

oder

Beim fünften Geschlechtsakt zu merken, dass man auf das andere Geschlecht steht?

Eine Gesellschaft von zehn hungrigen Gästen im Esszimmer zu haben und zu merken, dass man nur noch eine halbe Kokosnuss und einen Liter Tomatensaft im Kühlschrank stehen hat?

oder

Mit Vornamen Quadfried zu heißen?

Ein Buch, dass man von einem Bekannten zum Geburtstag geschenkt bekommen hat, demselben an Weihnachten zurückzuschenken, ohne es zu bemerken?

oder

Zuzuhören wie dieser die Widmung laut vorliest, die er selbst vorher für einen persönlich reingeschrieben hat?

Herauszufinden, dass man nur noch einen Tag zu leben hat?

oder

Kurz darauf herauszufinden, dass in zwei Tagen eine alte Bekannte in der Stadt sein wird, auf die man schon sein ganzes Leben lang scharf war und die sich endlich von ihrem Mann getrennt hat?

Dumme Fragen?

oder

Dumme Antworten?

MONKEY BUSINESS.

Das Leben im Berliner Zoo war nicht einfach. Früher war es noch relativ leicht gewesen, die kleinen und großen Besucher mit einigen Kunststückchen und Mimiken nachhaltig zu beeindrucken. Allein die Tatsache, dass man ein exotisches Tier war, reichte in der Regel, um staunende Blicke herbeizuführen. Wie bei Hollywoodstars, die mit ihrer bloßen Anwesenheit faszinieren (und im Übrigen dafür auf Bällen und Partys große Summen kassieren).

Nun, im Zeitalter von YouTube und Digitalfernsehen, von Reality-Soaps und Discovery Channel begeisterten die Zootiere die verwöhnten Aufmerksamkeitsapparate der Besucher nur noch minimal. Es war frustrierend. Weniger für die Mitarbeiter des Berliner Zoos, kassierten die doch ohnehin ihr Standardgehalt, ob der Zoo nun voll oder leer war. Aber für die Tiere, die ja nur mit Nahrung und Unterkunft entlohnt wurden, war diese Entwicklung äußerst tragisch. Die Währung »Bewunderung« war für sie doch der einzig gängige Lohn. Einige von ihnen waren in den vergangenen Jahrzehnten wahre Publikumsmagneten und Dauerbrenner gewesen, waren mit Presseberichten und Zeitungsfotos, TV-Reportagen und gelegentlichen Filmrollen gerühmt worden.

Diese Zeiten waren vorbei. Sicher, gelegentlich kam ein

aufstrebendes Tierbaby ins Gespräch. Lediglich aufgrund der temporären Zurschaustellung des Kindchenschemas wurde es dann zum zeitweiligen Zuschauerliebling. Kollegen wie der kleine Nasenbär Nelson, Andromeda, die junge Zebrain, oder Knut, das Eisbärenbaby. Sobald jedoch ihre infantilen Züge sich verformten, der wuschelige Babyflaum zu vollwertigem Fell wurde und sie nicht mehr zuckersüß durch die Gegend tappelten, sondern ganz normal liefen, verflog das Interesse an ihnen wie das eines Heroinsüchtigen an einer leeren Spritze. Meist litten diese Tiere an extremen Folgetraumata und fanden sich nie wieder wirklich zurecht im Kreis der »normalen« Kollegen.

Die meisten fanden sich mit diesem Verwertungssystem ab. Was sollten sie als Bürger dritter Klasse schon auch großartig tun? Eine Gewerkschaft der Vierbeiner gründen? Eine Tierdemo durch den Zoologischen Garten organisieren? Selbst Unterschriftenpetitionen kamen nicht in Frage (der Einzige der schreiben konnte, war ein ehemaliger Kosmetikschimpanse namens Bebe, und der dachte gar nicht daran, sich für andere einzusetzen). So verbrachten die Tiere ihre Tage und gaben sich zufrieden mit gelegentlichen Familienfotos, dem ein oder anderen rührend verabreichten Snack aus einer Kinderhand (oder der Kinderhand selber) oder dem unendlichen Vegetieren in gärtnerisch hochwertigen Lebensräumen, die ihre natürlichen Heimat simulieren sollten. Man hatte sich mit der Situation arrangiert.
Nicht so Gordon.

Gordon war ein Braunbär. Auch er war noch vor wenigen Jahrzehnten der ganze Stolz des Zoos gewesen. Oh, wie

hatten ihn die Menschen geliebt. Ihn, den kräftigsten und wildesten von allen. Ihn, das Berliner Stadtmaskottchen. Ihn, Gordon Waschinsky, den III.
Gordon war schon immer ein außergewöhnlicher Zoobewohner gewesen. Aufgrund seiner überdurchschnittlichen Intelligenz hatte er sein Tierabitur schon mit 4 Jahren absolviert. Anschließend konnte er in einem Fernstudiengang der Uni Hagen seine Kenntnisse in amerikanischer Geschichte und Betriebswirtschaft vertiefen. Er mochte Böll und Camus, schätzte Cool Jazz und sah in den Gemälden Lichtensteins die Manifestation der reproduzierbaren Gesellschaft. Alles in allem, ein ganz besonderes Exemplar der Gattung Bär. Schon früh hatte Gordon die Möglichkeiten entdeckt, die ihm seine Bildung offenbarte. Nachdem er einem Tierpfleger bei dessen Steuererklärung rund 2000 DM eingespart hatte, kamen immer mehr Leute zu ihm und baten ihn um vergleichbare Dienste. Viele Geschäftsmänner ließen ihn die Jahresbuchhaltung für ihre Unternehmen machen, und siehe da, fast allen konnte er interessante Schlupflöcher und Abführmöglichkeiten aufzeigen.

Da ihm Geld nichts nutzte, ließ Gordon sich in braunbärrelevanter Währung bezahlen. In seiner Höhle, nicht weit vom Vogelhaus, befanden sich neben diversen Auszeichnungen und Urkunden riesige Honigvorräte, ein Humidor randvoll mit feinsten kubanischen Zigarrenerzeugnissen, verschiedene Modehüte und eine bemerkenswerte wissenschaftliche Bibliothek. Außerdem besaß Gordon einen Privatpool und die wahrscheinlich umfangreichste Sammlung von Bärotikfilmen (Aufzeichnungen von BBC-Reportagen über das Sexualleben von Braunbären und braunbärähnlichen Wesen).

Sein persönlicher Tierpfleger, ein Ex-Knacki namens Uwe van Bonitz, war auch gleichzeitig sein Agent. Er vermittelte ihm neue Aufträge und kümmerte sich um das Finanzielle. So war es auch kein Zufall, dass Uwe selbst in einer traumhaften Maisonettewohnung am Gendarmenmarkt wohnte und morgendlich in einem Bugatti zur Arbeit in den Zoo fuhr. Uwe hatte es dank seines begnadeten Bären zu lokalem Ruhm und einem ansehnlichen Lebensstil gebracht.

An einem kühlen Novembermorgen hatte Gordon seinen Agenten zu einem 9-Uhr-Meeting in sein Gehege bestellt. Gordon lehnte an einem Felsen, der für die Zoobesucher nicht einsehbar war und den Uwe und er gerne als ihr Büro bezeichneten, und rauchte.

»Guten Morgen, Gordon«, grüßte ihn Uwe in seiner gewohnt pragmatischen Art.
Gordon antwortete mit einem undefinierbaren Brummen.
»Der nepalesische Botschafter wartet auf seine Immobilienbewertung. Herr Krüger lässt herzlich danken für die Steuererklärung und hat dir eine Kandinski-Grafik geschickt. Herr Goldb...«
»Wo ist sie?«
»Wo ist *wer*, Gordon?«
»Diese Grafik! Wo ist sie?«
Uwe musste schmunzeln: »Bei mir zu Hause natürlich, wo sonst? Du weißt doch, dass die Zooregulationen Dekorationsgegenstände in den Tiergehegen strengstens untersagen!«
»Tiergehege...«
»Na, du wohnst doch in einem oder etwa nicht!?«
»Uwe, laß mich dir eine Frage stellen!«

»Bitte, Gordon.«
»Wir kennen uns nun seit über 18 Jahren. Wir haben immer gut zusammengearbeitet. Meine Kunden sind Wirtschaftsgrößen aus der ganzen Stadt und teilweise auch darüber hinaus. Als ich dich kennen lernte, trugst du einen schmutzigen Overall und Killtec Sportschuhe... und das nicht nur bei der Arbeit... inzwischen trägst du Armani und Budapester... außerdem hast du jedes Mal ein neues Goldkettchen am Hals, wenn wir uns sehen... du bist nun jemand... und zwar nicht irgendjemand... und das... dank mir! Meinst du nicht, es wäre an der Zeit, dass du mein Zuhause nicht mehr als *Tiergehege* bezeichnest?«
»Gordon, mein Freund. Ich meinte das doch nicht so. Ich wollte doch nur... du weißt doch, dass wir sonst Probleme kriegen mit der Zooverwaltung... die haben schon öfters Fragen gestellt wegen der Computer... und wenn ich sie noch mehr schmiere, dann... können wir hier einpacken!«
»Und?«
»Was, und? Hast du mich nicht verstanden? Dann ist hier Schluss mit Lustig, aus die Maus!«
»Und wäre das denn so tragisch, Uwe?«
»Gordon, willst du mich verarschen? Wir haben hier ein Business am laufen... die Branche floriert, wir machen Millionen!«
»*Du* machst Millionen, Uwe!«

Uwe wusste nicht, was er dem nachdenklichen Bären erwidern sollte. Er fühlte nur irgendwo in seiner Lebergegend einen stechenden Schmerz. Die Art von Schmerz, die nichts Gutes verheißt. Dieser Bär war alles, was er hatte. Er respektierte ihn und mochte ihn. Und ja, er hatte ihm auch alles zu verdanken, was er besaß. Aber *er* war nun mal der Mensch und *Gordon* das Tier.

Eine Gruppe von Erstklässlern passierte enttäuscht das Bärengehege, während Gordon dicken, weißen Qualm in die milde Spätherbstluft pustete.
»Uwe«, fuhr Gordon fort, »es wird langsam zu viel für mich.«

Uwe schluckte.

»Ich bin nur noch am Rechnen und Recherchieren. Ich hatte den gesamten Sommer kaum Zeit, mich im Gras zu wälzen, und jetzt... ist das Gras fast weg. Ich habe Rückenschmerzen und... es gab einige... Probleme mit Layla in letzter Zeit... wir sind nur noch am streiten... sie verändert sich... und... es funktioniert auch... körperlich nicht mehr wie gewohnt. Ich habe mich neulich intensiv mit Herrn Walser, dem Zoopsychologen, unterhalten. Er hat mir bestätigt, dass all das Folgen der körperlichen und seelischen Überforderung sind. Burn-out-Syndrom nennt man das heutzutage.«
»Okay, du bist ein bisschen müde und ausgelaugt... kein Problem. Ich werd ein paar der Aufträge an meine anderen Mitarbeiter auslagern. Mahatma, der Leguan, hat gerade seine Konzession als Wirtschaftsprüfergehilfe erhalten. Vielleicht kann er was übernehmen. Nimm dir einfach ein wenig Zeit für dich. Und für Layla.«
»Nein, Uwe!«
»Wie, nein?«
Gordon nahm einen kräftigen Zug aus seiner Cohiba, hielt den Qualm kurz in seinen haarigen Backen und murmelte

beim Exhalieren:
»Es ist vorbei, Uwe. Ich mach nicht mehr weiter!«

Uwe stand entsetzt vor dem resoluten Bären. Bisher war alles ein einziger Traum gewesen. Die Aufträge, das viele Geld, die Einladungen auf Banketts und Galas, die teuren Anzüge, die willigen Frauen, das Appartement, von dem er nicht einmal zu träumen gewagt hatte, als er 1982 wegen Betruges in Moabit gesessen hatte. Doch jeder noch so schöne Traum hat irgendwann ein Ende und man wacht auf... in einer kalten, ungerechten Welt. Das alles sollte jetzt ein Ende haben? Einfach so, weil seine wichtigste Ressource keinen mehr hoch bekam? Er stellte sich frontal vor Gordon hin und zeigte mit seinem Finger direkt auf ihn.
»Weißt du, mein zotteliger Freund... ich befürchte, das ist nicht so einfach!«
»Es ist beschlossen, Uwe... das war's!«
»Ich glaube, nicht. Wir haben einen Vertrag miteinander. Ich befürchte, du bist an unser Geschäft gebunden. Hat dir deine Mama das etwa nie erzählt?«
»Was hat meine Mutter bitte damit zu tun?«
»Es war 1990. Ein Tag im Mai. Ich erinnere mich noch genau. Der Wind der Veränderung wehte über Berlin. Die Mauer war gerade gefallen und die ersten Tiere aus dem Osten kamen hier an. Darunter auch deine Familie. Alles war neu für euch. Wie du weißt, hatte es dein Vater als persönlicher Tanzbär von Erich Honecker nicht leicht, sich zu etablieren. Seine Stasiakte füllte ganze Bände. Deine Mutter war eine kluge Bärin. Sie erkannte schnell, dass man sich hier im Westen Freunde machen muss um zu überleben. Freunde wie mich, Gordon. Leute, die sich auskennen.«

»Ich verstehe nicht ganz...«
»Lass es mich mal so formulieren, Gordon. Nachdem die 100 Begrüßungsbananen verspeist waren und es nur noch Grießbrei und Eselsfleisch für euch zum Abendbrot gab, traten deine werte Mama, G'tt habe sie selig, und ich in ein Geschäft. Wir wussten schon damals von deinem besonderen... Talent. Du solltest zum Wirtschaftsprüfer ausgebildet werden und für mich arbeiten. Im Gegenzug sollte deine Familie täglich Baklava, einen Sack Datteln und frische Vollmilch erhalten. Sie tat es für dich, verstehst du, für *dich*! Der Plan war perfekt. Dank deines einzigartigen Status musste ich keinen Pfennig an Sozialabgaben zahlen und nur eine lächerliche Umsatzsteuer. Ein Bär als Wirtschaftsmotor... darauf waren selbst unsere kleinlichen deutschen Gesetze nicht abgestimmt. Wir waren uns einig. Arbeitskraft gegen Verpflegung. Ich habe Dokumente, die das bestätigen, Gordon! Ach komm schon... es läuft doch gerade alles wie geschmiert. Lass uns das doch nicht zerstören!«

Gordon drehte sich weg von Uwe... Nun drehte er sich von Seite zu Seite und gab mürrische Geräusche von sich. Dann ging er ein paar Schritte auf das öffentliche Gehege zu und beschleunigte seinen Schritt.

»Wohin willst du, du störrischer Bär? Ich rede mit dir! Komm zurück!«, rief ihm ein verwirrter Uwe nach. Doch Gordon ließ sich davon nicht beeindrucken. Mit gewaltigen Schritten torkelte er in die Mitte der steinernen Plattform, die nur noch von ein paar wenigen, verkümmerten Grashalmen bewachsen war. In diesem Moment rief einer der Schüler, die eben noch vergeblich auf den Bären gewartet hatten:

»Schaut mal, der Bär ist rausgekommen!«

In Windeseile stürmten mehrere Dutzend Dreikäsehochs zurück zur anliegenden Abzäunung. Sie klatschten und jubelten. Gordon wurde warm ums Herz. Wie hatte er dies, die freudige Erwartung der Kinder, nur aufs Spiel setzen können für etwas, das so gar nicht seinem animalischen Naturell entsprach? Für Elemente des menschlichen Abschaums wie Zahlen und Gleichungen, doppelte Buchhaltung, Aktiva, Passiva, Abführungen, Vergünstigungen, Zahlungsnischen und Finanzverkehr hatte er vergessen, was seine eigentliche Aufgabe war... den Menschen in der Großstadt einen Teil der Natur zu zeigen, der den meisten sonst für immer verborgen bleiben würde. Der so wichtig war für ihre Entwicklung bei all dem nichtsnützigen elektronischen Spielzeug und den Ablenkungen, die ihr kindlich-zartes Dasein bestimmten in einer digitalen, unnormalen Welt.

Inzwischen stand eine große, dichte Menge am Bärengehege und schaute erwartungsvoll in Gordons Richtung. Es erfreute sein Herz, diese Magie in ihren Augen zu sehen. Nicht nur Kinder waren gekommen. Auch einige Mitarbeiter des Zoos klammerten sich überrascht und glücklich über den plötzlichen Gemütswandel des sonst so gestressten und zurückgezogenen Braunbären an die Besucherabschirmung.

Nun war Gordon zum Stillstand gekommen, die Blicke der Zuschauer immer noch eng an sich geheftet. Und dann tat er etwas, das er schon lange wieder hatte tun wollen. Er ließ sich einfach ruckartig und unkontrolliert auf den Steinboden plumpsen. Die Kinder schrien vor Begeisterung. Die Pfleger lächelten. Gordon wälzte seinen massiven, pelzigen Körper auf dem Boden hin und her. Er hatte Tränen in den Augen. Zum ersten Mal seit Ewigkeiten fühlte er sich wieder richtig als Bär. Er stieß leise Quietschgeräusche aus. Er genoss die Aufmerksamkeit. Eine andere Art von Aufmerksamkeit als die, die ihm in den vielen vergangenen Jahren zuteil geworden war. Sonst waren es nur Eigeninteresse und Gier gewesen, die aus den freundlichen Visagen seiner Klienten sprachen. Heute waren es Faszination und Dankbarkeit.

Die Menge staunte nicht schlecht, als plötzlich ein Geschäftsmann hinter dem Gehege hervortrat und sich langsam dem Bären näherte. Uwe hatte seine Anzughosen ein wenig hochgekrempelt, damit sie nicht dreckig wurden. In seiner linken Hand hielt er ein vergilbtes Stück Papier, mit dem er Gordon immer näher kam. Die Zuschauer hielten den Atem an. Was wollte dieses komische Männchen hier mitten im Bärengehege? Warum störte er den Entspannungstanz des sympathischen (inoffiziellen) Königs der Tiere? Nur am abrupten Abklingen des Jubels bemerkte Gordon die Präsenz seines Noch-Agenten Uwe. Doch auch jetzt ließ er sich nicht dadurch beirren. Uwe stand nun direkt vor ihm. Den Zoobesuchern war völlig schleierhaft, wie sie dieses Schauspiel einordnen sollten. Showdown im Berliner Zoo.

»Na, gefällt er dir, Gordon? Der Jubel dieser nichtsnutzigen Bälger? Weißt du, damit lassen sich aber deine teuren kubanischen Zigarren nicht bezahlen!«
»Ich scheiß auf die Dinger! Ich fühle mich gut! Zum ersten Mal seit Langem... einfach gut!«
»Steh auf, Gordon, mach dich nicht lächerlich... steh auf!

Sofort!

»Nein, ich will nicht!«

»Siehst du das hier?« Uwe zeigte auf das Blatt in seiner Hand. »Das ist unser Arbeitsvertrag, Gordon... siehst du diesen Tatzenabdruck hier? Das ist der von deiner Mutter! Du gehörst mir! Was, meinst du, würde sie sagen, wenn sie dich hier so herumalbern sehen würde, nach all dem, was wir in dich investiert haben? Nach all den Opfern, die sie für dich gebracht hat!? Steh auf, Gordon, ich will nicht, dass du noch den letzten Rest Würde verlierst hier... so... als wärst du ein idiotischer Tanzbär!«

Auf dem Amateurvideo, das von einem Wittenauer Familienvater gedreht und später in der Abendschau ausgestrahlt wurde, noch bevor es auf YouTube innerhalb von zwei Tagen über drei Millionen Zugriffe bekam unter dem Titel »Crazy Bear slashes Businessman«, war Folgendes zu sehen:

Ein Braunbär, der sich noch eben quietschfidel auf dem Boden wälzte, springt abrupt auf und richtet seinen überdimensionalen, animalischen Körper zu voller Größe auf, fletscht seine scharfen Zähne und hat einen wilden, ungezügelten Blick in seinen Augen. Zwar wackelt das Bild leicht, doch man kann genau erkennen, wie das riesige Tier mit einer seiner gigantischen Pranken ausholt und sie anschließend dem völlig deplatzierten Typen in Armanianzug krachend ins Gesichts schlägt, sodass dieser zu Boden fällt. Als nächstes ist ein trauriger Bär zu sehen, wie er langsam in Richtung seiner Höhle trabt. Dann schwenkt die Kamera ins Publikum. Zu sehen sind entsetzte Kindergesichter. Heulende und schreiende kleine Menschen, die die Welt nicht verstehen.

Sie waren in den Zoo gekommen, um der Natur nahe zu sein. Am Ende waren sie ihr näher, als Kinder es sein sollten.

DIE UNANTASTBARKEIT DER KASSIERERINNEN: EIN ZUKUNFTSSZENARIO.

In einer Welt, in der outgesourced wird bis hin zum Ethocaust (Neuwortbegründung aus Ethik und Holocaust*) und robotisierte Einheiten zunehmend die Arbeits- und Entscheidungskraft der menschlichen Spezies ersetzen... ist es mir ein absolutes Rätsel... wie überflüssig doch einige Berufe geworden sind, die aber trotzdem noch ausgeübt werden (dürfen).

Ganz oben auf meiner Liste: Supermarktkassiererinnen.

Sie stehen in der Mitte eines Prozesses, der in seinem Ablauf hirnrissiger und obsoleter nicht sein könnte: dem Einkaufen. Es ist ein absolut zurückgebliebener, dummer... ein achtfach-überflüssiger Warentransfer.

Warum achtfach?

Bitte sehr:

* Don't even think about it: es ist längst angemeldet

1. Transfer:
Man packt die Waren auf seinen Einkaufszettel.

2. Transfer:
Man geht zum Supermarkt, sucht die Produkte und packt sie in seinen Einkaufswagen.

3. Transfer:
Man packt die Waren vom Einkaufswagen auf das Warenband an der Kasse.

4. Transfer:
Man packt die Waren vom Warenband wieder zurück in den Einkaufswagen.

5. Transfer:
Man packt die Waren aus dem Einkaufswagen in Tüten oder Kartons.

6. Transfer:
Man packt die Waren aus den Tüten oder Kartons in den Kühlschrank.

7. Transfer:
Man packt die Waren vom Kühlschrank auf einen Teller, ein Brett, eine Schüssel oder ähnliches.

8. Transfer:
Man packt die Waren vom Teller in den Magen.

Ein bisschen viel Warentransfer für das 21. Jahrhundert, wenn Sie mich fragen. Was? Ist es technisch so schwierig, einen automatischen Strichcodescanner am Ausgang des Supermarktes anzubringen, der einen erst nach Bezahlung hinauslässt (und sonst per automatischer Giftspritze betäubt)? Was? Stehen Kassiererinnen etwa unter Artenschutz? Ist ihre Aufgabe so heilig, dass man sie bis in alle Ewigkeit weiterhin einsetzen muss? Klar, es gäbe einige maßgebliche Veränderungen in der Gesellschaft, fiele dieser Berufszweig weg... aber das hat man über Fahrstuhlconciergen früher auch gesagt, und wie wir sehen, funktioniert die Menschheit auch ohne sie. Vielleicht sogar besser!

Außer Frage steht, dass wir schon in naher Zukunft einen extrem reduzierten Warentransferablauf erleben werden: Nahrung denken. Nahrung erhalten. Nahrung essen. Intelligente Kühlschränke sind ja nun wirklich keine Utopie mehr. Der Windows-Fridge wird bald Standard sein.

Vielleicht wird es auch irgendwann, in einer beängstigenden Zukunft, gar keinen Transfer mehr geben. Vielleicht haben wir Menschen dann Multinährstoffsonden in unseren Armen implantiert, die, ohne dass wir daran denken oder jemals wieder unser Maul aufmachen müssen, um Nahrung aufzunehmen, die benötigten Stoffe in regelmäßigen Abständen in unser Blut abgeben. Sternerestaurants werden dann nur noch exquisite Orte sein, an denen Musik gehört und Smalltalk geführt wird. Essen an sich wird verpönt sein, weil uneffizient. Gabel und Messer werden aus unserer Gesellschaft verbannt sein und nur noch die Banner von Untergrundaktivisten zieren. Wein ebenso. Und überhaupt, fast alle Nahrungsmittel. Nur noch Coca-Cola wird sich halten können, in Zukunft aber nicht mehr als erfrischendes Zuckergetränk, sondern als braunes Blubberwasser in Erlebnisschwimmbädern (mit Wasserrutschen und so). Sie müssten sogar an ihrer ganzen »Enjoy«-, »Always«-, »You can't beat the feeling«-Message kein bisschen ändern. Die Werbeslogans sind seit jeher so mannigfaltig und überhaupt nicht getränkespezifisch auslegbar, dass es fast so scheint, als wäre dieser potentielle Wandel von Anfang an eingeplant gewesen.

Wir schreiben das Jahr 1895. Ein kleiner Jahrmarktsstand in Indianapolis:

»Hey Jack, lass uns ein Blubberwasser für Erlebnisbäder auf den Markt bringen. Zuerst füllen wir es in... Flaschen... und lassen die Leute es saufen... 'n paar Jahre lang. Dann füllen wir es in Bassins um und lassen sie darin baden!«
»Großartig, Jim! Aber meinst du wirklich wir können braunes Badewasser als Getränk etablieren?«
»Dafür haben wir Jill von der Werbeagentur! Jill...«
»Gentlemen, es gibt da einige Möglichkeiten... Sie werden sich wundern!«

Doch was werden die Menschen tun mit all der Zeit, die sie dann ohne unnötige Einkaufsschritte und Essen gehen sparen? Und ewig können sie ja auch nicht in den Coca-Cola Schwimmbädern verbringen, ohne dass ihre Haut sich auflöst wie ein Würstchen in Salzsäure...

Meine Vermutung: sie werden wieder verstärkt rauchen.

Die Zigarette 2.0 natürlich. Kleine motorisierte Nikotinschaltkreise werden sich direkt an ihre Lungen heften und das Inhalieren von Teer simulieren. Leider werden dadurch die Menschen vereinsamen, da der beliebteste Spruch, um mit anderen Menschen in Kontakt zu treten »Hast Du mal Feuer?«, dann denselben Unwert haben wird wie die Frage: »Könnten Sie mich bitte zeugen?«

Apropos zeugen (dieser Übergang ist seit Anfang der Geschichte geplant): Es wird, entgegen aller Vermutungen und Hypothesen, *keinen* genetischen Supermarkt geben, wo man sich seine Kinder nach Wunschmustern zusammenstellen kann. Sie werden genauso überflüssig werden, wie der Supermarkt per se. Ja, theoretisch wäre es möglich, aber das Konzept »Kind« wird in der Zukunfts-Society bestenfalls belächelt werden. Durch die automatische Nahrungsaufnahme und andere Annehmlichkeiten wird es überhaupt keinen Sinn mehr machen, neues Leben zu erschaffen. Die Menschen werden gut und gerne 3... 400 Jahre leben. Das würde nur eine krasse Überbevölkerung geben, wenn dann alle noch Nachwuchs haben wollten. Wozu auch? Sex wird eine reine Spaßangelegenheit sein. Natürlich wird auch der Sex völlig anders ablaufen. Nix von wegen Cybersex. G'tt, das ist so ein alter Besen. Yeah, as IF wir unsere Geschlechtsteile an irgendwelche USB-Ports im Computer stecken oder uns von Dioden an unserer Haut stimulieren lassen würden! Wie uncool...

Nein. Genau wie bei der automatischen Nährstoffabgabe wird es einen Regulator für die Ausschüttung von Sexualhormonen geben. Das heißt, die Menschen werden einfach

keinen Bock mehr auf Sex haben. Jaha, Sie sehen schon, wohin das führt, oder?
Wenn alle menschlichen Bedürfnisse konstant abgedeckt sind, was bleibt dann?

Richtig! Gar nichts.

Die Welt von Morgen wird ein Ort völliger Bedeutungs-losigkeit sein, an dem sich atmende Leichen fröhlich und apathisch durch die Gegend beamen und ihre Zeit mit gänzlich unsinnigen Dingen ausfüllen werden. Hauptbeschäftigung wird ein sinnloses Spiel namens Norso sein, bei dem es gilt, möglichst lange auf die Nase des Gegners zu gucken ohne dabei zu furzen. Wenn man *doch* furzt, muss man laut den Satz »Ente, Ente, Alimente« rückwärts rülpsen. Sonst wird man erschossen.

Sie denken jetzt: Mann, was für ein erbärmliches Zukunftsbild? Warum so weit denken? Schauen Sie doch mal auf die Gegenwart.

URBANE AUSWEICH-TAKTIKEN.*

*Diese Geschichte gibt es auch als Video: www.berlinfuckingcity.com/autowaschzigeuner

Was tut man, wenn man einer aufgezwungenen Dienstleistung entkommen will?

Ein Beispiel: Motzverkäufer.
Schönen guten Tag, ich verkaufe die Motz. Ich habe nichts zu essen und meine Zigaretten sind seit gestern alle...
Na klar, ab und zu kauf ich den Typen schon mal 'n Exemplar ab. Aber was tun, wenn es schon der achte in Folge ist, er einen um Kleingeld anbettelt und man einfach mal zur Abwechslung überhaupt keinen Bock hat auf Samariterspielen? Ignorieren? Aufstehen und weggehen? Diskutieren? Es gibt mehrere Taktiken. Doch das sind noch gar nicht die schlimmen Jungs.

Brenzliger wird's bei der pakistanischen Rosenmafia. Wehe dem, der abends in weiblicher Begleitung irgendwo in Berlin sitzt und nicht auf alles gefasst ist! Und sei es auch nicht mal die Freundin oder Frau, sondern irgendeine Frau, die Schwester, die Mutter, die Schwester der Mutter oder auch nur ein Kumpel, der weibliche Züge hat. Die Rosenmafia riecht so etwas. Wie aus dem Nichts kommt einer ihrer

Agenten mit einem hässlichen Bund roter Rosen angehopst und startet sein Manipulationsprogramm.
»Wolle schone Robe fur de schone Pfau?«
Diese Taktik zielt nur auf eines ab: das Selbstbewusstsein des Mannes. Es gibt Männer, die fühlen sich durch die Gelegenheit, der Frau zu imponieren, so sehr herausgefordert und gleichzeitig eingeengt, dass sie gar nicht anders können, als Ramu, Batoor oder Madhukar das Unkraut abzukaufen. Dieser kann übrigens jeden Preis nennen, denn wer feilscht schon gerne neben der Angebeteten? Ich habe schon grässliche, kleine Krüppelrosen für sieben Euro das Stück und mehr den Besitzer wechseln sehen. Was für ein Geschäft! Die Pakis klauen die Blumen in irgendeinem Gewächshaus oder erstehen sie für wenige Cent und verhökern sie dann für astronomische Summen an arme Trottel.

Das ist auch noch nichts... ehrlich: nichts... im Vergleich zur Creme de la Creme der aufgezwungenen urbanen Dienstleistungen.
Sie sind da draußen, die Kings der Aufdrängung, die Master der Manipulation, die Formel 1 der Abzocker... Sie wissen, wen ich meine: Autowaschzigeuner.

Darf man noch Zigeuner sagen? Okay, Sinti, Roma...
Sinti Roma in Wirklichkeit nicht paraslawische Bastarde oder pseudo-albanische Zirkustänzer? Ich weiß es nicht. Was ich weiß, ist, dass dieser Typus einem wirklich den letzten Nerv rauben kann. Die größte Kontaktgefahr besteht dann, wenn man sich unter den ersten zwei bis drei Autos befindet, die vor einer roten Ampel zum Stehen kommen. Dort wittern die Geier ihre Beute. Es beginnt stets sehr friedlich: Der

Autowaschzigeuner schwingt höflich seine Waschbürste und weist darauf hin, dass er gerne Ihre Windschutzscheibe säubern würde. Töricht sind die, die in dieser Bewegung nicht die höchste aller urbanen Gefahren erkennen. Entwischt einem in dieser Situation auch nur der Anschein eines Lächelns, ist man erledigt. Autowaschzigeuner wissen sehr wohl über die kampflose Gutmütigkeit, die gerade in Deutschland weit verbreitet ist, und schlagen in diesem Fall erbarmungslos zu. Man sollte also bitterernst bleiben und seine dunkelste und aggressivste Miene aufsetzen. Wenn nicht, nähern sie sich mit unglaublicher Geschwindigkeit dem Vehikel. Wenn sie einmal am Auto sind, ist alles zu spät. Man kann ihnen mit einem Hin- und Her bewegen des Zeigefingers signalisieren, dass man keine sauberere Scheibe will, man kann den Kopf schütteln. Man kann sein Portemonnaie rausholen und es auswringen, um zu zeigen, dass man kein Geld bei sich hat, oder auch laut und deutlich »Nein, ich will nicht!« rufen... Nichts davon hält sie ab.

Autowaschzigeuner haben eine völlig andere mimische Wahrnehmung als Mitteleuropäer. Die verneinenden Gesten visualisieren ihnen ein klares: Ja, bitte! Manchmal malen sie einem auch nach wiederholtem Abwinken einfach ein Herz aus Seifenschaum auf die Frontscheibe. Einfach so, aus Nettigkeit. Und um DAS dann abzuwischen, wollen sie Geld haben. Das ist so als würde sich jemand direkt vor seinem Krankenversicherungssachbearbeiter selbst ins Gesicht boxen und die Nase brechen und zwei Sekunden später Geld von der Krankenkasse fordern. Versuchen Sie mal, einem Autowaschzigeuner, nachdem er Ihnen seine Leistung quasi aufoktruiert, auf niederste Weise aufgezwungen hat, kein Geld zu geben. Der anfangs friedliche Zirkusjunge mutiert blitzschnell zu einer wilden Plage. Er wird sich an Ihr Auto heften oder sich davorstellen, bitten, betteln, weinen und schreien, wenn es sein muss. Das ist sein Geschäft. Nur so können die Zigeunerkönige, die an der Spitze dieses würdelosen, menschenverachtenden Geschäfts stehen, sich ihre dreistöckigen Villen im Grunewald überhaupt leisten. Die Übergriffe enden damit, dass man den Pissern 50 Cent gibt, sie von einem ablassen und man frustriert davonfährt, mit dem Gefühl, man wurde beschissen, und einer Windschutzscheibe, die genau so aussieht.

Wie kann man diesem Verbrechen entgegenwirken?

Die Antwort liegt in reversiver Psychologie. Man läßt alles über sich ergehen, ohne sich dagegen zu wehren, und bezahlt sie, ohne zu murren. Dann steigt man aus dem Wagen, zückt eine Schere, die man immer dabei haben sollte und ruft: Haare schneiden, Haare schneiden. Auch wenn das Zigeunerchen sich wehren sollte, lassen Sie nicht von ihm ab, packen Sie es und schneiden Sie ihm mit der Schere ein saftiges Büschel Haare vom Kopf ab. Dann strecken Sie ihre Hand aus und kassieren Ihr eigenes Geldstück für ihre aufgezwungene Frisördienstleistung zurück. Steigen Sie in Ihren Wagen und fahren Sie weg: zufrieden und glücklich.

Im Zweifelsfall können Sie auch einfach immer eine geladene Schrotflinte im Kofferraum haben. Nichts hält Eindringlinge besser fern als das gute alte Schießpulver.

DIE FLAMME.

Mein Liebster.

Ich weiß, ich war nichts Besonderes für dich. Ich weiß, du hattest inzwischen schon fünf, zehn, vielleicht sogar zwanzig Weitere nach mir. Ich weiß, dass das, was zwischen uns war, in diesen wenigen, aber intensiven Minuten, schon morgen vergessen sein wird. Für dich.

Aber nicht für mich.

Ich weiß, dass wir nie zusammen sein können, weil du mir wehtust und ich dir. Ich würde nur jedes Mal aufs Neue verbrennen und zu Asche werden in deinen Händen. Und du, du würdest nur heiserer und schwächer durch mich. Und dennoch... muss ich ständig an diesen Abend denken, an dem wir einander heiß und innig liebten.

Ich erinnere mich, wie du mich zum allerersten Mal sahst, dort zwischen meinesgleichen, im Grunde nicht besser und nicht schlechter als die anderen aus meiner Kaste. Du warst neu, fremd, sahst uns zum ersten Mal. Bisher hattest du dich immer bei der Konkurrenz ausgetobt. Doch irgendetwas hatte dich an diesem Abend zu uns geführt. Oder uns zu dir. Erst wolltest du gar nicht, denn dein Gewissen setzte ein. So oft wolltest du schon aufhören damit, so oft frei sein von der Sucht, von der Sucht, die dich immer wieder zu uns zog. Oder zu anderen unserer Sorte. Es ist nicht mehr wie früher, wo alle das mit uns taten, was man eben so tut mit uns. Die Zeiten haben sich geändert. Es ist verpönt geworden, viele haben auch Angst vor Krankheiten. Einige schämen sich und tun es heimlich.

Das, dein Zögern, dein Bangen, machte dich noch viel attraktiver. Meine Kolleginnen und ich sahen es genau und deshalb buhlte jede um deine Gunst, um die Ehre, von dir erwählt zu werden, befreit zu werden aus ihrem Käfig, entzündet zu werden von dir, verbrannt zu werden. Zu sterben, aber zu leben. Einmal zu leben.

Wir waren keine Edelmarke, keine exotischen Begleiter mit dicker, sonnengereifter Haut und exquisitem Geschmack. Wir waren Industrieprodukte, Massenware von niederster Qualität, die keinen hohen Genuss versprach, sondern eine einfache, schnelle und günstige Befriedigung des Triebes, der Sucht. Man sah in deinen Augen: genau danach dürstete es dich an diesem Abend. Nach nicht mehr und nach nicht weniger.

Erst wenn es den Leuten richtig schlecht geht, wenn sie einsam, frustriert, gestresst oder aufgeregt sind, suchen sie uns auf und erwarten Trost und Ablenkung. Oder aber das genaue Gegenteil: nämlich, wenn es etwas zum Feiern gibt, wenn eine Hürde überwunden wurde, ein Deal gemacht, ein Tag genommen oder ein Alltagsabenteuer erlebt wurde. Wenn es gilt, einen besonderen Anlass abzurunden, dann gönnt man sich uns schon mal. Benutzt uns. Wir spenden die Freude nicht, wir komplettieren sie lediglich.

Warum du uns an diesem Abend aufsuchtest, weiß ich nicht. Noch immer nicht. Jetzt, wo alles vorbei ist. Doch du... warst mehr als die anderen. Deine Augen signalisierten Verlangen. Ein Verlangen, dass schon als junger Bub zum ersten Mal in dir aufgekommen sein muss, so selbstverständlich und großartig erleuchtete es deine Pupillen. Wahrscheinlich mit dreizehn oder vierzehn. So wie bei den meisten. Erst wollen sie gar nicht, dann probieren sie es mit uns. Am Anfang werden wir rumgereicht, meist innerhalb einer Gruppe von jungen Männern. Dass sie sich nicht schämen! Doch für sie ist es ein Ritual der Männlichkeit. Das Tor heraus aus der schwindenden Kindheit, eine Mutprobe... Und wenn sie einmal unsere befriedigende Wirkung gekostet haben, kommen sie immer wieder... irgendwann auch alleine. Nur die wenigsten schaffen es dann überhaupt noch durch den Tag ohne einen Gedanken an uns. Was wir davon haben? Nichts. Geld? Das Geld bekommen wir nie zu sehen, das bekommen die, die mit uns handeln, deren Ware wir sind. Und selbst wenn wir es bekämen, es zwischen uns Kolleginnen aufteilen würden, wir wüssten nicht, was anzufangen damit. Unsere Existenz ist einseitig und funktional. Wir haben keine Träume und keine Bedürfnisse. Wir denken nicht. Wir sind nur da, wenn man uns braucht. Sterben können wir nicht, denn wir sind schon tot.
Warum du ausgerechnet mich nahmst, weiß ich nicht, doch ich weiß, dass ich zitterte vor Erregung und Erwartung, als dein gieriger Blick über unsere Körper schweifte und schließlich deine groben Finger mich am Kopf packten und zu dir

zerrten. Rauszerrten aus dem Kollektiv meiner Nebenbuhlerinnen, rauszogen aus Ungewissheit und Gleichsamkeit, heraustrennten aus einem sterilen Zuhause, in dem wir eng aneinandergepresst wie Sardinen, Seite an Seite, atmeten, reiften und mit der Zeit gemeinsam vertrocknen und sterben würden.

Doch du hast mich gerettet. Und in unserem ersten gemeinsamen Moment bereits, du hieltest mich noch immer lässig am Kopf, beschloss ich, dir alles zu geben und alles zu sein, was ich war.

Was war ich? Eine dürre, bleiche Stange mit etwas Farbe im Gesicht. Keine aufreizenden Kurven, keine besonderen Qualitäten. Doch für dich wollte ich das Beste sein, was auf der Welt für Geld zu haben war. Ich hätte mich dir sogar geschenkt, wenn du nicht schon gezahlt hättest.

Gemeinsam entfernten wir uns von den anderen. Ihre missgünstigen Blicke durchbohrten mich. Sie waren neidisch und zynisch. Eine rief mir still hinterher:
»Du denkst, du bist etwas Besonderes? Besser als wir? Du irrst dich. Nachdem er alles aus dir rausgesaugt hat, was du hast und du winzig und nutzlos bist, wird er dich zerquetschen und mit seinen Füßen auf dir herumstampfen und dich wegwerfen wie wertloses Gewebe. Und dann wird er zurückkommen und uns nehmen. Eine nach der anderen. Bis er uns alle zerstört hat und wir alle ihn. Geh, kleines Dummchen, geh mit ihm, du hast sowieso keine Wahl. Wir sind alle nur hörige Dienerinnen. Mehr nicht! Aber bilde dir ja nichts ein!«

Ihre Sätze hallten wie Geisterworte in meinen Ohren. Was wusste sie von dir? Von uns? Was wusste dieses erbärmliche Wesen von Leidenschaft? Denn nichts anderes lag in der Luft. Ich war bereit für alles. Ich wartete ungeduldig und nervös darauf, dass du mein inneres Feuer entzündest.

Du zogst mich langsam und bestimmend immer näher an dich heran. Schließlich waren sich unsere Gesichter so nahe, dass nur noch unser Atem dazwischen Platz hatte. Na ja, eher deiner. Sekunden der unerträglichen Statik. Und dann umschlossen deine weichen, riesigen Lippen mein Gesicht. Ich verlor mich. Ich vergaß mich. Ich hielt den Atem an. Mein Gesicht wurde feucht und begann sich zu wellen, während du an mir nuckeltest und gleichzeitig eine alles in sich vereinende Flamme in meinem Unterkörper entstand. Ich brannte. Ein rotes Feuer fraß mich von unten nach oben auf. Langsam, aber sicher. Du sogst an mir. Es schien so, als würdest du durch meine Lippen die Hitze meines Körpers in dich hineinsaugen. Wenn das mein Ende war, dann wollte ich kein anderes haben.
Auch wenn es lächerlich erscheinen mag: es war mein erstes Mal. So lange hatte ich mit den anderen in diesem engen, dunklen Raum verbracht, gewartet und gebetet, so lange und so heftig, dass wir am Ende nicht mehr wussten, wofür: dafür, endlich benutzt zu werden, oder dafür, für immer verschont zu bleiben. Ich hatte irgendwie immer gespürt, gehofft, gewusst, dass es für mich nur ein erstes und gleichzeitig letztes Mal geben würde. Ein einziger Akt der Leidenschaft, ein paar wenige Minuten, in denen ich eine Funktion haben würde, nur um danach einzugehen. Wie eine Eintagsfliege.

So fühlt es sich also an, dachte ich bei mir, unfähig zu verarbeiten, unfähig zu atmen, unfähig, fähig zu sein.

Mein Körper war durchflutet von einer vulkanischen Hitze, dessen Zentrum sich immer weiter nach oben in Richtung Kopf verschob, sodass ich schon bald glaubte, mein Gesicht an die Flamme zu verlieren. Meine Haut löste sich in Asche auf, meine Innereien verdunsteten und flogen wie wilde Schneeflocken durch die Luft. Du küsstest mich in regelmäßigen Abständen, doch ich fühlte keinen Rhythmus, keine Regelmäßigkeit. Mal warst du heftiger, mal zärtlicher... mal ließt du mich minutenlang in zerreißender Sehnsucht einfach liegen und vor Ungeduld dampfen, nur um mich dann hektisch am Kopf zu packen und mich mit einer einzigen schnellen, kraftvollen Bewegung erneut zu benutzen. Ab und zu, genauso unverhofft, schlugst du mir auf den Rücken. In diesen Momenten verlor ich noch die letzten Fetzen meines Körpers, die ohnehin schon träge und verkohlt an mir hangen wie weiße Todesfäden.

Was hatte mir meine Kollegin da nachgerufen? War es wahr? Wusste sie mehr als ich? Würdest du mich aufbrauchen, alles, was ich war, und dann schon bald mit einer anderen durchbrennen? Wärst du zu so etwas fähig? Vielleicht tatst du schon dein gesamtes Leben nichts anderes... Ahntest du nicht, welches Opfer ich brachte, wie ich mich für dich aufgespart hatte und mich dir nun hingab, meine Existenz gänzlich deiner kurzen Befriedigung diente?

Oh, ich verbrannte. Ich fühlte mich immer kleiner und wertloser. Doch gleichzeitig war es so aufregend, so gut. Ich

konnte Schmerz nicht mehr von Freude unterscheiden, so sehr war ich dir verfallen. Es war nur noch wenig von mir übrig, das spürte ich. Und du auch. Doch noch war deine Sucht nicht befriedigt. Du strichst mir wild über den Kopf, fummeltest an meinem Hals herum, dann wieder ein leichter Schlag auf den Rücken, dann ein heftiger, sodass ich dachte zu zerbersten, so schwach war ich schon. Dann saugtest du wieder an mir, küsstest, zogst, bliest mein Leben aus deinem Rachen und deiner Nase hinaus, hecheltest, hustetest, ich war dein Hecheln und ich war dein Husten, dein Atmen, dein Handeln, dein Sein, dein Frieden und deine Lust.
Die Hitze kam meinem Kopf gefährlich nah. Nur noch wenige Atemzüge blieben mir. Meine Haut war verschwunden. Mein Körper fort. Meine Seele in deinem Körper. In deinem Blut, in deinem Herzen, in deinem Hirn und in deiner Lunge.

Einen kurzen Moment lang schobst du mich ein wenig von dir weg und betrachtetest mich. Vielleicht zum ersten Mal, seit wir uns begegnet waren. Ich konnte deine prüfenden Blicke auf dem schmerzenden, glühenden Stummel spüren, der noch von meinem Körper übrig geblieben war. Ein paar Augenblicke passierte nichts. Nur eine alles durchdringende Stille füllte den Abstand zwischen uns. Dann, als hättest du den Entschluss gefasst, mich vollends zu zerstören, zogst du mich mit einer heftigen Bewegung zu dir, setztest deine Lippen ein letztes Mal mit aller Härte und Weiche an meine und sogst mir den kümmerlichen Überrest meines Daseins aus. Noch mit meiner Restseele im Mund, nahmst du meinen verschrumpelten, verschmutzten, missbrauchten Kopf und schmettertest mich, Gesicht nach vorne, gegen den Boden.

Ich rang nach Luft, nicht bereit mein Ende hinzunehmen. Wie ein zappelnder Fisch an der Angel, der genau weiß, wie wild er sich auch dreht und wendet, er wird sterben. Doch er will es nicht, ohne sich zu wehren, will sich nicht dem einseitigen Spiel fügen ohne gekämpft zu haben.
Du drehtest mein Gesicht so lange am Boden hin und her bis ich aufgab. Zu stark waren der Druck deiner Hände, dein Gewicht auf mir, die Selbstverständlichkeit und die Härte, mit der du es tatst. Als hättest du es schon mit Tausend anderen so gemacht. Durch mein Inneres wehte kaum noch Sauerstoff. Die Flamme, die mich noch eben durchwachsen und erfüllt hatte, war tot. Mein unsichtbarer Schoß war kalt und leblos. Nur noch ein stiller Schrei entwich meinen Lippen, kurz bevor mich eine seltsame Leichtigkeit durchfuhr und ich aufgab. Dann erst ließt du von mir ab.

Nun liege ich in meinem stillen Grab. Bin wieder so leblos und leer wie vorher. Nur lebloser. Und leerer. Meinen Körper stahlst du mir. Meinen Kopf ließt du mir. Doch was ist er wert? Ich bin nur noch ein Wrack. Mein Leben ist zu Ende. Vielleicht findet mich irgendwann noch ein Obdachloser auf der Straße, zündet mich kurz an und versucht, noch einen Zug aus mir herauszuziehen. Ich werde mich ihm hingeben, aber nicht aus Freude und Lust, sondern nur aus Verachtung. Es wird weder mich befriedigen, noch ihn.

Ich liege hier, unfähig mich zu bewegen und muss mit ansehen, wie du dieselbe Prozedur mit jeder meiner Kolleginnen durchziehst.
Bei der ersten nach mir hat es mich noch geschmerzt. Ich habe still geweint und gefleht. Bei der dritten tat es noch ein

wenig weh. Nach der fünften hat es mich nicht mehr gestört. Ich schaute teilnahmslos und debil zu. Du zerstörtest unsere ganze Belegschaft. Oder befreitest sie. Je nachdem, wie man es sieht. Jetzt liegen sie alle neben mir. Klein und verkrümmt und frustriert und lebensunfähig. Vereint im Schmerz und in der bitteren Erfahrung.

Doch ich bin nicht sinnlos gegangen. Ich habe dir etwas hinterlassen. Auch wenn du es weder sehen, noch riechen, noch spüren kannst, weißt du, dass es da ist. Und wenn es das Einzige ist, was mich unsterblich machen wird, dann soll es dein Untergang sein. Etwas von mir ist in deinem Körper geblieben, hat sich dort unwiderruflich festgesetzt und zerfrisst dich von innen. Und jedes Mal, wenn eine von uns ihre Seele bei dir lässt, benutzt, zerstört und anschließend verschmäht wird von dir, wird dieses Etwas wachsen. Und wachsen. Und wachsen. Bis die Summe all deiner lieblosen Befriedigungen ein gigantischer Tumor aus Selbstverleugnung sein wird. Und dieser wird dich töten. So wie du uns tötetest. Gerechtigkeit? Nein. Denn wünscht man seinem Liebsten, dass er so unter einem leidet, wie man selbst es wegen ihm tat?

Ich habe nicht nur gelitten. Nein. Ich durfte erleben, wie es ist, ge(b)raucht und begehrt zu werden. Aber eben auch benutzt... und verschwendet.

Doch selbst jetzt, mein Liebster, nachdem du mir und meinesgleichen all dies angetan hast, kann ich dich nicht vergessen und denke daran zurück.

An unsere Zeit. An die Leidenschaft zwischen uns. Und an die beißende Flamme in mir, die meinem Dasein einen Sinn gab. Die du entzündetest.

Mit einem einzigen Streichholz.

DIE VERTRAGS-VERLÄNGERUNG.

»Quadfried, wir müssen reden!«
»Das ist gar kein Problem, liebe Mirna, wann würde es dir denn passen? Ich hätte am 4. um 14:30 Uhr noch einen freien Slot.«
»Jetzt, Quadfried... ich möchte jetzt mit dir reden!«
»Das wird schwierig, ich bin gerade zu Tisch!«
»Ich weiß, dass du zu Tisch bist, Quadfried. Es ist *unser* Tisch und wir essen gerade gemeinsam zu Abend daran!«
»Na dann verbinden wir eben den Termin mit einem Abendessen. Warum nicht? Ich mag das nur gerade eben in meinen Organizer eingeben.«
»Quadfried... lass uns doch einfach reden... bitte, es ist mir wichtig!«
»Abendessen mit Mirna... Besprechung... Dauer zirka... wie lange, meinst du, wird es ungefähr dauern?«
»Das weiß ich doch nicht, 'ne halbe Stunde...?«
»Zirka 30 Minuuu...«
»Ach Quadfried, jetzt hör schon auf... ich bin deine Freundin, verdammt noch mal, kannst du nicht mal einfach nur Du sein, ohne das ganze Businessgehabe?«
»Ich befürchte, da gibt es ein Missverständnis. Ich entschuldige mich. Ich wollte Ihnen nicht das Gefühl geben, Sie seien

nur ein Termin. Wir nehmen uns gerne Zeit, uns ausführlich mit den Wünschen unseres Klientels auseinanderzusetzen... Worum geht es?«
»Quadfried... unsere Beziehung war in letzter Zeit nicht besonders... befriedigend!«
»Ja ja, die Quartalszahlen zeigen einen deutlichen Rück-gang bei der Kundenzufriedenheit, aber ich garantiere Ihnen: das ist nur eine kritische Phase. Die Prognosen deuten alle auf eine positive Veränderung hin!«
»Quadfried... wir reden hier nicht über irgendwelche Aktienpakete... hier geht es um unsere Beziehung!«
»Wie gesagt... wir legen sehr großen Wert auf die Pflege unserer persönlichen Beziehungen.«
»Du warst in letzter Zeit sehr beschäftigt und total... eingenommen von deinem Job... und da... ich hab was mit meinem Kumpel Mark angefangen.«
»Das ist sehr unklug, in dieser kritischen Phase die Pferde zu wechseln...«
»Mark ist überhaupt ein sehr lieber Mensch und... er versteht mich irgendwie viel besser als du es tust, Quadfried.«
»Sicherlich bieten andere Partner bestimmte Vorteile, aber im Großen und Ganzen konnten wir uns als Full-Service-Anbieter ganz klar an der Spitze einordnen.«
»Quadfried, ich weiß überhaupt nicht mehr, wer du eigentlich bist... kannst du nicht endlich aufhören mit diesem lächerlichen Gehabe!?«
»Könnten Sie denn genau definieren, was Ihnen bei unserem bisherigen Service nicht gefallen hat? Ich bin mir sicher, wir können gemeinsam eine optimale Lösung erarbeiten!«
»Mein G'tt, Quadfried, du bist ja fast nie da und wenn du da bist, bist du zu müde für irgendwas. Ich bin eine junge Frau,

ich habe Bedürfnisse!«
»Und was für Bedürfnisse genau wären das?«
»Du hast mich schon seit Monaten nicht mehr richtig gefickt, Quadfried.«
»Wie würden sie die Leistungen in diesem Sektor bei ihrem neuen Provider im Vergleich zu unseren einschätzen: a) viel besser b) um einiges besser c) ähnlich d) um einiges schlechter oder e) viel schlechter.«
»Also, das ist wirklich... Mark ist so einfühlsam und zärtlich...«
»Ich muss eine genaue Antwort aus der Liste erhalten, um sie bearbeiten zu könn..«
»Schon gut, schon gut... oh G'tt... okay: um einiges besser! Ja, es ist um *einiges* besser mit Mark. Ich meine, er nimmt sich jedenfalls Zeit für mich... und... hakt den Sex nicht einfach ab... wie du!«
»Okay, also b)?«
»Quadfried, verdammt! Red doch endlich normal mit mir!«
»Was würden Sie davon halten, wenn Sie einige Bonusvorteile bekommen würden, vorausgesetzt Sie verlängern Ihre Beziehung mit uns?«
»Was für Vorteile?«
»Na, Sie müssen gar nicht wechseln. Sie können alle Vorzüge ihres neuen Anbieters nutzen und trotzdem unseren Vertrag beibehalten!«
»Wie soll ich das verstehen, Quadfried? Willst du damit etwa andeuten, ich soll mich weiterhin von Mark vögeln lassen, bleibe aber offiziell mit dir zusammen?«
»Richtig... so müssen Sie auf nichts verzichten!«
»Nein, also, das möchte ich nicht, da möchte ich schon lieber Schluss machen und ganz wechseln!«

»Also eine Komplettkündigung?«
»Ja!«
»Wie sieht es denn bei Ihrem neuen Partner mit Zusatzleistungen aus, wenn ich fragen darf?«
»Wie...?«
»Na, Altersvorsorge zum Beispiel?«
»Das ist doch gar kein Thema...«
»Na, vielleicht jetzt noch nicht, aber irgendwann mal, da wollen Sie doch nicht auf dem Trockenen sitzen... Sie sollten sich schon JETZT über Ihre Zukunft Gedanken machen...«
»Tja, Mark hat zwar jetzt keinen Topjob, aber ich denke...«
»Also bei uns haben Sie nach wie vor eine Allround-Absicherung!«
»Hmmm...«
»Also, sind Sie sich immer noch sicher, dass Sie kündigen wollen?«
»Also... so habe ich das noch nicht betrachtet... ich möchte aber auf jeden Fall eine Verbesserung des Vertrages!«
»Das ist kein Problem... wir können einen neuen Vertrag aufsetzen... und als Verlängerungsbonus erhalten Sie ein kleines Präsent von uns!«
»Das da wäre...?«
»Einen Mitgliedsring.«
»Quadfried, ist das etwa deine Art, mich zu fragen, ob ich dich heiraten will?«
»Eine Vertragsverlängerung, genau! Wir tun alles für unsere Kundenbindung!«
»Aber wer sagt mir, dass ich dann nicht noch unglücklicher werde?«
»Sie haben null Risiko... sollten Sie nach einer Weile unzufrieden werden, können Sie sich jederzeit wieder aus dem

Vertrag lösen und erhalten eine großzügige Auszahlung! Und das Beste dabei: Sie dürfen den Mitgliedsring selbstverständlich in jedem Fall behalten.«
»Das klingt ja toll... das nehme ich!«
»Na, das freut mich, dass wir Sie doch noch mit unserem Leistungsportfolio überzeugen konnten!«
»Ja, es dreht sich ja nicht alles um körperliche Bedürfnisse im Leben. Man muss ja auch gucken, wo man bleibt!«
»Genau das sagen wir auch allen unseren Klienten!«
»Liebst du mich denn?«
»Wir lieben alle unsere Partner!«
»G'tt verdammt, Quadfried... sag es... liebst du mich?«
»Ich würde Sie da gerne an unsere PR-Abteilung weiterverbinden. Die ist spezialisiert auf solche Auskünfte.«
»Ist schon okay...«
»Darf ich das als Vertragsannahme entgegennehmen?«
»Meinetwegen.«
»Ich bedanke mich bei Ihnen für das Gespräch. In den nächsten Tagen erhalten Sie alle nötigen Materialien. Einen schönen Tag noch. Reichst du mir bitte das Gemüse, Schatz!«

MACHANE.

Was ist Machane?

Man kann es nur schwer in Worte fassen.
Ganz objektiv betrachtet sind Machanot Ferienlager für jüdische Jugendliche zwischen 8 und 18 Jahren. Wahlweise im Winter oder im Sommer.

Man könnte meinen, Machane sei eine Art systematische Gehirnwäsche... und im Prinzip hatte es auch Züge davon, denn auf Machane ging es nicht nur um Spiel und Spaß, sondern auch um religiöse und politische Themen. Viele junge Menschen fanden dadurch zu ihrer jüdischen Identität... oder von ihr weg.

Wie auch immer. Diese kleine Geschichte ist meiner prägendsten Jugenderfahrung gewidmet: Machane.

Wenn ich so zurückdenke, waren diese Sommerlager Ereignisse, die man nur schwer mit anderen vergleichen kann. Ich habe nicht nur einmal Kinder erlebt, die schon Tage vor dem Ende eines Machanes anfingen zu weinen, beim Abschied nach zwei Wochen wurde aus diesem Weinen ein hysterisches Greinen und Schreien. Dann versanken sie monatelang in einen Zustand der Apathie, nur um dann, kurz vor dem nächsten Machane, wieder völlig euphorisch zu werden. Machane ist eine Art Psychose. War es nur die Freude darüber, ganz nah bei anderen jüdischen Jugendlichen zu sein? Oder...

Ich weiß noch, wie meine Eltern mich das erste Mal auf Machane schickten. Ich war gerade 14 und konnte nicht glauben, dass ich meine Ferien mit Juden verbringen sollte. Das konnte doch nicht ihr Ernst sein, dachte ich. Ich war cool, hörte Hip-Hop, trug Nikes und bemühte mich Tag für Tag zu den Checker-Cliquen in der Schule dazuzugehören, und sei es auch nur durch abschreiben lassen oder Mitläufertum.

Judenkinder waren peinlich, das wusste jeder. Ich dachte tatsächlich, ich würde die nächsten Wochen mit religiösen, Pajes und Hut tragenden Opfern verbringen müssen, von denen die Mädchen mit Sicherheit alle Schnurrbärte hatten und hässlich waren. Außerdem wollte ich keine Christenkinder opfern. Viele meiner Freunde waren Christen.

Mit Murren und Knurren fuhr ich dennoch.
Ich kam in ein Zimmer mit fünf wilden Chajes, die alle zu meinen besten Freunden wurden (zumindest für zwei Wochen). Gleich in der ersten Nacht kam eine Madricha abends zu uns ins Zimmer und wünschte uns freundlich »Gute Nacht!«. Nachdem sie das Licht ausschaltete und die Tür schloss, fingen die Jungs in meinem Zimmer an, darauf zu wetten, wer sie als Erster klarmacht. Verdammt, wir waren 13, 14 und sie eine erwachsene Frau. Welch Hochmut, welch Arroganz, welch Größenwahn...
Wundervolles Leben: ich war endlich angekommen!

Wir waren solche gemeinen Bengel... und ich meine nicht... hahaaa... ich nasch dir dein Snickers weg... sondern so gemein, wie es nur mit Testosteron vollgepumpte, jüdische Bengel im Rudel auf Machane sein können. Eines Nachts schlichen wir uns rüber ins Nebenzimmer. Willkürlich suchten wir einen Jungen aus und entfernten ihm mit einem Rasierapparat die Augenbrauen. Dann schlichen wir uns raus. Wahrscheinlich träumte er in dieser Nacht, er sei am Flughafen oder in einem Sägewerk. Am nächsten Morgen schien zunächst niemand etwas zu bemerken. Doch schon beim Frühstück fiel allen auf, dass Jonathan, so hieß der Junge, irgendwie anders aussah... so... nackt um die Augen. Erst dann bemerkte er, dass ihm ein wichtiger Teil seiner Körperbehaarung fehlte. Ach, was war die Freude groß in unseren kindlichen Herzen.

Das dicke Ende kam noch. Mein Zimmergenosse Doron, der die Rasur begangen hatte, ging später zu Jonathan und entschuldigte sich für die Tat. Spätestens hier hätte Jonathan stutzig werden sollen. Als Wiedergutmachung bot Doron Jonathan an, ihm eine richtig geile Frisur zu schneiden. Er wäre Frisörlehrling und so weiter.

Frisörlehrling... mit 13! Scheisse, dieser Jonathan glaubte aber auch wirklich alles. Ich muss wohl nicht darauf eingehen, wie der Kopf eines Kindes aussieht, nachdem ein anderes Kind ihm mit einer Papierschere den Schädel bearbeitet hat. Beim nächsten Frühstück kaute ein verängstigter und sichtlich verwirrter Jonathan ohne Augenbrauen und mit einer Fokuseila-Frisur (vorne kurz, Seiten lang) an einem Nutellabrötchen. Seine Mutter muss in Ohnmacht gefallen sein, als sie ihr Bubele drei Tage später abholte und er aussah wie das Kind von Herrn von Bödefeld und Beate Uhse auf LSD. Ach ja, wir waren schlimm.

Als ich zurück nach Hause kam, nervte ich meine Eltern tagelang mit dem Singen der Machanehymne. Ich war diesem System verfallen und sollte noch große Teile meiner Jugend auf Machanot verbringen und allem was dazu gehört. Und das mit dem Christenopfer war gar nicht so schlimm, wie ich es mir vorgestellt hatte, hatte man es erst ein paar Mal gemacht.

In den kommenden Jahren habe ich auf Machane mindestens zweimal offiziell geheiratet, wurde aufgeklärt, habe meine Jungfräulichkeit verloren, hab zum ersten mal Bier getrunken und... äh... andere Dinge probiert, wurde zweimal fast tätowiert (mittels eines Feuerzeugs und eines Stabilostifts) und habe mehr schmutzige Worte und Witze gelernt als irgendwo anders... und zu dem Zeitpunkt war ich erst 16. Ich habe aber auch hunderte tolle Menschen kennen gelernt und meine eigenen jüdischen Wurzeln, gelernt, was es heißt, Teil eines Ganzen zu sein, sich gemeinsam zu freuen, zu trauern, jung und unbeschwert zu sein. Machane war mehr als nur zionistischer Gruppenurlaub. Es war Woodstock, Party, Synagoge, Schule, Familie, Sportfest, Rhetoriktrainer, Intelligenztest und Partnerbörse in einem... Es war das berühmte amerikanische College-Campus-Feeling. Bloß schon als Teenager. Scheiss auf American Pie.
Wir hatten American Pajes.

Ok, genug gelobt. Denn Machane war nicht nur ein Zuckerschlecken. Das merkte ich vor allem, als ich später beschloss, selbst jahrelang als Madrich tätig zu sein und mich der nächsten Generation Jugendlicher zu widmen.

Madrich...
Allein dieses Wort führte zu viel Konfusion in nicht-jüdischen Kreisen.

»Was machst du eigentlich diesen Sommer?«
»Ich bin... Madrich.«
»Ach du fliegst nach Madrid? Cool.«
»Nee, Madrich... ja, hmmm... wie soll ich dir das erklären, Justus. So 'ne Art Betreuer in so 'nem Lager.«
»Ach... echt? Mein Opa war auch Lagerbetreuer damals.«
»Nee... nicht so. 'N Sommerlager. Ich bin Madrich... so Streetworker. Aufpasser. Animateur.«
»Ach Animateeeeeuuuur. Sag doch gleich...«
»Ja auf Machane.«
»Matschanäh?«
»Mach... Machane, du Opfer!«

Es war eine eigene, faszinierende Welt, für Aussenstehende nur schwer nachvollziehbar. Doch auch *innerhalb* des Machane-Mikrokosmos gab es viele Verständigungsschwierigkeiten.

Mit der russischen Einwandererwelle ab Anfang der Neunziger fuhren natürlich auch viele Jugendliche mit eben diesem Background auf Machane. Unsere Aufgabe als Madrichim war es vor allem, sie zu integrieren und ihnen jüdische, aber auch menschliche Werte zu vermitteln.

Für mich war es relativ leicht, komme ich doch selbst aus einer russischsprachigen Familie. Ja, für alle, die es immer noch nicht wissen, ich spreche auch Russisch. Zwar wie ein geistig zurückgebliebener Vierjähriger... aber hey... ich gehör dazu!

Kennt ihr übrigens die, die damals in der DDR in der Schule Russisch lernen mussten... allerdings nicht das Russisch von Tolstoi und Nabokov, sondern eine eingedeutschte Version, die sich anhört wie Todesrufe einer sozialistischen Schildkröte.

»Sdrastwizie, minia sawut Jünther, i ja paschol w'erste Jesamtschule Walter Ulbricht w Nimetzkaya Demokratnaya Republika.«

Danke Jünther. Pashol te na... na... na ja.

Schlimm allerdings war es für die Madrichim, die nicht Russisch sprachen. Wir, das heißt, die Kinder und ich, nannten sie die »Deutschen«. Die deutschen Madrichim hatten kein Händchen für diese wilden, russischen Bälger. Sie verstanden nicht, wie sie funktionierten. Diese Kinder waren eben keine kleinen, verwöhnten Frechdachse mit Gelfrisur und Gameboy, die, wenn sie sich ihr Ralph-Lauren-Polohemdchen schmutzig machen, heulend zu ihrer Mami laufen, die es dann mit Weichspüler mit Aprikosenduft wieder in Tippi-Toppi-Form bringt . Die russischen Kinder waren harte Jungs mit weicher Seele und frühreife Mädchen mit Lolita-Neigung, die auf alles schissen und von zu Hause Anarchie und oft auch Trunkenheit gewohnt waren.

Einmal gab es einen großen Aufruhr, weil alle russischen Kinder ständig das Wort »bliat« benutzten. Irgendein deutscher Madrich fragte dann jemanden, was es heißt. Als dieser ihm dann die wortwörtliche Übersetzung gab: Hündin mit Bezug auf ein anderes Wort, das mit »H« anfängt... und mit »ure« aufhört.... war die Hölle los. Der Madrich verbot den Kindern dieses schlimme, gefährliche Wort weiterhin auf Machane zu benutzen. Mein G'tt, dachte ich, wir sind doch hier keine katholische Jugendfreizeitfahrt, wo den Leuten nach dem Fluchen der Mund schon mal mit einer Bürste und ordentlich Kernseife ausgewaschen wird. Ja, das ist die Übersetzung von bliat, aber, es bedeutet eben nicht NUR das. Bliat ist überhaupt eines der faszinierendsten und vielseitigsten, ich würde fast schon behaupten: poetischsten Worte, die es auf der Welt gibt. Bliat ist zwar ein Schimpfwort, aber ebenso Ausdruck von starken Gefühlen wie Freude, Trauer und Wut... es kann mit fast allem kombiniert werden:

Bliat, ich werde bald heiraten!
Bliat, mein Auto springt nicht an!
Bliat, mein Hamster ist gestorben.
Bliat, ich liebe dich!
Bliat, nu?
Bliat, schto?
Bliat, bitte mehr Soße auf die Spaghetti.
Usw.

Es ist viel eher zu vergleichen mit der Benutzung des Wortes »fuck« im Englischen, z.B. that's a fuckin big Hamburger. Ist doch nichts Schlimmes!? Vielleicht hätte ich mein Buch

lieber »Berlin Bliating City« nennen sollen!?
Natürlich benutzten die Kinder weiterhin das Wort. Völlig verständlich. Es wäre so als würde man deutschen Teenagern die Worte: Mann, Scheisse, och nee, Mist und verdammt verbieten. Mission impossible... bliat!

Das war nur eine von vielen interessanten Machane-Erfahrungen.

Ein anderes Mal gab es kurz vor Sylvester eine groß angelegte Alkoholkontrolle. Was lächerlich war, da man mit den Kindern kurz vorher einen Ausflug in die nächstgelegene Kleinstadt gemacht hatte. Was, dachten die, kaufen sich die kleinen Igors, Maschas, Genias und Maxims dort? Actionfiguren? Klebebildchen? Comic-Hefte? Ja, die nicht-russischen vielleicht... Ey guck mal, die Calvin Klein-Unterhosen kosten hier zwei Euro weniger als daheim im KaDeWe... bitte elf Stück, danke! Ich zahle mit der schwarzen Kinder-Amex.
Aber unsere russischen Kinder gaben das einzige Geld, das man ihnen auf Machane mitgegeben hatte natürlich für das aus, mit dem sich am besten feiern lässt. Nein, Kokain war für sie damals noch zu teuer. Ich meine Wodka, Sekt, Bier und Schnaps. Hallo, sie waren Jugendliche, einige schon volljährig. Und es war Sylvester. Womit sollten sie anstoßen? Himbeersirup?
Auf jeden Fall wurde jedes Kind beim Heimkommen gefilzt. Ich hätte mich nicht gewundert, wenn Spürhunde eingesetzt worden wären, so verbissen wurde uns der Auftrag erteilt. Man nahm ihnen alles an Alkohol ab, was man fand, und versprach, es ihnen auf der Heimreise zurückzugeben. Ein besonders zorniger Junge drohte sogar damit einen von uns

Madrichim zu verprügeln. Dieser Junge ist meines Wissens heute heroinabhängig.
Als ich in jener Sylvesternacht frühmorgens durch die Zimmer streifte, bot sich mir folgendes Bild: Vier Chanichim standen in ihrem Zimmer und ließen gerade eine dicke Pulle Wodka rumgehen. Als sie mich erblickten, wurden sie kreidebleich. Sie fürchteten wahrscheinlich Quarantäne oder das berüchtigte »Nach-Hause-geschickt-werden«. In diesem Moment erwachte der wahre Menschenfreund in mir. Ich hielt es für wichtiger, diesen jungen Menschen beizubringen, Männer zu werden, als blödsinnigen Lagerbestimmungen zu folgen. Ich schaute sie mit einem aufgesetzt erzieherischen Blick an... dann nahm ich dem einen die Wodkaflasche ab, goss mir was in einen Platikbecher, stieß mit ihnen an und sagte: Frohes Neues! Sie waren sichtlich erleichtert. Und ich hatte nun doppelte Angst, erwischt zu werden. Aber andererseits... was sollte schon passieren? Machaneknast?
Ich kenne diese vier Jungs noch immer. Aus ihnen allen sind normale junge Männer geworden. Saufen tun sie heute noch. Nicht nur an Sylvester.

Ich jedenfalls werde meine Kinder nicht auf Machane schicken. Am Ende sind dort nur so verantwortungslose Halbstarke wie ich Madrichim und saufen mit meinen Kindern Wodka.

Am spektakulärsten war der Stimmungsfaktor auf Machane. Jeden Abend veranstalteten wir Abendprogramme, die in ihrer Komplexität und Qualität aufwendig produzierten Fernsehshows in nichts nachstanden. Es waren lustige und knifflige Gruppenspielchen, jeden Abend unter einem anderen Motto. Einmal habe ich auf einem Machane ein Abendprogramm mit dem Titel »Mafia« gemacht. Es war eigentlich als Verarschung gedacht. Ich schwöre, der einzige Inhalt dieser zwei Stunden war, dass ich irgendeinen Mist erzählt und dann alle zehn Minuten in eine Trillerpfeife geblasen und dann geschrien habe: GELDRUNDE!!!! Dann lief ich wie wild durch das Haus und schmiss Monopolygeld überall hin. Ey, die Kinder sind AB-GE-GAN-GEN... sie sind gerannt wie Verrückte, haben geschrien, geweint, gepöbelt, gekloppt... sie wollten alle einfach nur diese wertlosen Spielgeldlappen haben. Wie Wahnsinnige. Ich persönlich wurde mehrmals angegriffen und belästigt. Die Gewinnergruppe war dann die, die am meisten Monopolygeld eingesammelt hatte. Voll banal und primitiv, aber sie haben es geliebt. Sie fragten mich dann jeden Abend: »Willy, wann machen wir wieder diese Geldjagd!?« Klar, man kann das jetzt als Beispiel für die notorische Geldgier von Juden werten... aber in diesem Fall waren es tatsächlich größtenteils Kinder aus sozial schwachen Familien, die einfach mal das Gefühl genossen, überhaupt Geld in den Händen zu halten. Ich bin mir bis heute sicher, dass einige Spezis etwas von dem Geld mit nach Hause geschmuggelt haben.

Es gab natürlich auch noch andere Abendprogramme. Zu viele um sie aufzuzählen. Sie liefen aber fast alle nach demselben Schema ab. Die Kinder wurden eingeteilt in verschiedene Gruppen. Was dort passierte, war unglaublich. Meistens bekamen die Gruppen, aus rein praktischen Gründen, Namen wie Gruppe eins, Gruppe zwei, usw.
Ey, die Leute waren von da an... nur noch Gruppe. Unglaub-

lich! Während der Spiele schrien sie dann aus vollem Halse kurzerhand ausgedachte und dementsprechend primitive Hymnen wie:
Grup-pe eins, Grup-pe eins... oder: Gruppe eins, Gruppe eins, Gruppe eiiiiiiiins...
Das Ding war einfach, wenn ein besonders spannendes Abendprogramm sie zusammengeschweißt hatte, dann blieben diese Leute auch Gruppe 1. Und ich meine nicht nur für den Rest des Machanes, sondern für Monate, manchmal Jahre danach... oft auch für immer. Ich schwöre, manchmal meine ich irgendwo in 'nem vermieften Club, ganz weit hinten auf der Tanzfläche vier oder fünf Kinder von damals zu erkennen, wie sie zu 50 Cent abdancen und dabei synchron rufen: Grup-pe eins, Grup-pe eins.

Was ist Machane?
Das... genau DAS ist Machane!

Oder mit den Worten eines großen Gelehrten, 3. Buch Gatteo, Seite 412:

Im Sommer gibt es Sonne, im Winter gibt's Schnee
Doch eins das gibt es immer, das ist Machane.
Israel und Strobl, Natz und Sobernheim.
Das beste auf der Welt, das ist: Machane Time!

GRAUES, OSTIGES MÄDCHEN.

Graues, ostiges Mädchen sitzt am Tisch und wartet. Sie wird immer warten, denn sie ist grau. Und irgendwie... ostig. Viele Männer nähern sich ihrem grauen, ostigen Tisch im Laufe des Abends. Doch niemand spricht sie an, befreit sie aus ihrer Grauheit und Ostigkeit. Vielleicht würde ihr Antlitz etwas bunter, säße sie auf einem weißen Schimmel, hinter einem jungen Prinzen. Oder in einem weißen Sportwagen der Marke Kutsche. Doch sie wird weder auf einem Pferd noch in einem Kutschenflitzer sitzen, jemals. Sondern immer an ihrem grauen, ostigen Tisch... das graue, ostige Mädchen.

Wäre sie hübsch, die Männer würden dürstend ihren Blick suchen, verzweifelt und unbeholfen ihre Nähe ertanzen. Ihr zu verstehen geben, dass sie sehr gerne ein paar Minuten und/oder den Rest des Lebens mit ihr verbringen würden. Doch das graue, ostige Mädchen ist nicht hübsch. Nicht mal mit viel Phantasie. Noch nicht einmal nach fünf Bier. Sie ist hässlich wie Scheiße. Und deshalb sitzt sie dort, wo sie sitzt, wie sie sitzt. Und versteht, dass sie bis in alle Ewigkeit dort sitzen wird. Selbst wenn sie aufstehen und herumlaufen würde, tanzen und lachen... Selbst dann würde sie noch an dem Tisch sitzen. Selbst wenn sie nach einer Millionen konsekutiven Reinkarnationen, zu einer Zeit, die in Relation zu der jetzigen nicht einmal mehr erfassbar am fernsten Punkt der Galaxie, beim kosmisch-absoluten Gegenteil dieses Tisches, schwebte, trotzdem, gerade dann und noch immer säße sie an diesem Tisch und wartete. Wartete auf eine Einladung des Schicksals, von seinem köstlichen Nektar zu schlürfen, auf dem Regenbogen der Glückseligkeit zu skaten, Hand in Hand mit dem Sinn des Lebens durch einen Wasserfall der Einsicht zu springen.

Und so wartet sie. Und wartet. Und wartet. Und wartet.

Und wartet... das graue, ostige Mädchen. An ihrem ihr in punkto Grauheit und auch in punkto Ostigkeit kaum unterlegenen Tisch.

LIMMERICKS.

Es gab mal 'nen Mann namens Knut
Dem ging es an sich eigentlich gut
Nur dann kam der Bär
Und sein Leben wurd' schwer
Nun hat er auf die Medien 'ne Wut!

In Darmstadt, da wohnte 'ne Schrulle
Ihr Gesicht sah so aus wie 'ne Mulle
Es nervte sie schon
Es gab 'ne Operation
Heute arbeitet sie als Undercoverbulle.

Es gab mal 'ne notgeile Mutter
Die brauchte zum Koitus stets Butter
Doch die Butter wurd' schlecht
Und nicht als Witz, sondern echt
Jetzt greift sie zu Hundefutter.

Dies ist die Geschichte von Kent
Der hatte sein Leben verpennt
Er wachte auf und wollt' lesen
Denn so viel war gewesen
Jetzt ist er 'n Spiegelabonnent.

Markus war an sich ganz nett
Hatte 'n Profil bei StudiVZ
Erst wurd er gegruschelt
Dann wurde gekuschelt
Jetzt teilen die zwei sich 'n Bett.

Es gab mal 'nen Herrn namens Schmidt
Der summte bei Liedern stets mit
Die Nachbarn nahmen's übel
Wie gekränktes Geflügel
Jetzt summt er 'nen Taubstummenhit.

Ich kannt' mal 'nen netten Beamten
Der hatte weder Ecken noch Kanten
Er war glatt wie 'n Aal
Doch stand auf anal
Und besorgte es all seinen Tanten.

Erinnert ihr euch an diesen Jungen
Er hat immer rückwärts gesungen
Dann hörte er Stimmen
Und zwar die ganz schlimmen
Dann hat er 'n Pudel besprungen.

Es gab mal 'n Autor namens Kramer
Der wechselte von Signal zu der Barmer
Er sparte sehr viel
Ein Benz war sein Ziel
Jetzt fährt er einen und ist trotzdem 'n Armer.

Herr Blauhof war Komponist
Doch sein Keyboard hatte sich verpisst
Er schrieb wieder Noten
Wie die lange schon Toten
Seitdem hat er's nie mehr vermisst.

Es gab mal 'nen Hausverwalter
Der hatte wenig Haar für sein Alter
Er putzte oft sein Waschbecken
Musste die Post viermal checken
Und wenn ihm mal langweilig ist, malt er.

Ich kannt' mal 'nen Semitophilen
Der wollt' so gern Beschützer spielen
Er beschimpfte die Feinde
Der Jüdischen Gemeinde
Und war letztlich nur einer von ihnen.

Es gab mal 'ne Braut namens Ronith
Die machte 'ne Hochzeit auf Kredit
Es kamen fünfhundert Leute
Doch die hungrige Meute
Brachte außer Hunger nichts mit.

Es gab mal 'ne Stadt namens Berlin
Da kamen viele Westdeutsche hin
Sie schliefen bis eins
Geld hatten sie keins
Doch 'n brandneues Macbook: immerhin.

In Schöneberg da gibt's einen Laden
Da gibt es Falafel in Fladen
Jeder Euro - ohne Spaß
Geht direkt an Hamas
Seither gehe ich, ohne vorher zu zahlen.

Guten Tag, was kann ich für Sie tun?
Fragte ein freundlicher Kellner Frau Kuhn
Ich suche grad mal eben
Ein ganz neues Leben
Da empfehle ich Ihnen das Huhn.

DIE LATTE VON MACCHIATO.

Es kursieren zahlreiche Gerüchte über die Herkunft des inzwischen fast schon wieder uncoolen urbanen Stylegetränks auf Espressobohnenbasis namens Latte Macchiato. Schlaumeier und Besserwisser mögen denken, dass es mit dem italienischen Wort für Milch zu tun hat. Weit gefehlt. Tatsächlich liegt der Ursprung dieses Gesöffs in der Schaffenszeit eines finnischen Adligen: Fürst Macchiato. Komischer Nachname für einen Skandinavier, mögen Sie, werter und wissenshungriger Leser nun denken - zu Recht. Zum Glück. Denn sonst würden heute rund um den Globus koffeinabhängige Großstadtyuppies und MILFs auf Städtereise Latte Matti oder Latte Jyrki verlangen. Wie schwul klänge das denn bitte!?

Nein, Fürst Macchiato war ein Weltbürger, belesen und gebildet. Deshalb glich er seinen Namen an den seines großen Vorbildes, Niccoló Macchiavelli, an. Doch was haben dieser finnische Fürst und das beliebte Getränk nun für eine Verbindung?

Nun, die Erklärung ist recht unspektakulär.

Wie wir wissen, gibt es in Finnland relativ viele Bergziegen. Auch Fürst Macchiatos Anwesen war in einem Gebirge gelegen und von jenen zahmen Wesen umgeben. Wir schreiben das Jahr 1941. Der Herr hätte auf alles verzichtet, aber nicht auf seinen morgendlichen Frühstückskaffee. Um diesen geschmacklich zu veredeln, schickte er jeden Morgen seinen Leibdiener Joost hinaus auf die Bergwiese vor seinem Schloss, um aus dem klebrigen Euter seiner Lieblingsziege Eva ein wenig Milch in seinen Kaffee abzupumpen. Selbst mit aller Sorgfalt und Erfahrung, gelang es Joost niemals, nur ein wenig Milch abzumelken, sondern immer gleich einen kräftigen Schuss, der meist einen Großteil des in dem Becher befindlichen Kaffees verdrängte. Ergebnis war, wie auch nicht anders zu erwarten, ein Kaffee-Milch-Getränk.

Gut, aber warum Latte? Nun, hier kommen wir zum interessanten Part. Fürst Macchiato war ein... sehr leidenschaftlicher, sensibler Zeitgenosse. Wenn er seinen Bergziegenmilchkaffee erhielt, war er stets sehr erregt und bekam jedes Mal eine gewaltige Erektion, in ethnologischen Fachkreisen auch oft als die »Original Latte Macchiato« bezeichnet.

In der Kenntnis dieses Sachverhalts unterscheiden sich die wahren Kenner von den bloßen Machern. Sollten Sie, werter Leser und Kaffeefreund, einmal das Bedürfnis haben, die Kaffeeausschankstelle ihres Vertrauens auf Kennerqualitäten hin zu überprüfen, bestellen Sie das nächste Mal einfach mal keinen »Latte Macchiato«, sondern einen »Steifen Fürsten«, ein »Ziegenmilchaphrodisiakum«, eine »Finnische Erektion« oder einen »Ist-das-ein-Milchschäumer-in-deiner-Hose-oder-freust-du-dich-bloß-mich-zu-sehen?«.

Im Übrigen war besagter Fürst ein enger Freund von Adolf Hitler. Jeder Trinker des »braunen« Stylegetränks ist also genau genommen auch ein lat(t)enter Nazi.

DIE KILLER-WIZARDS.

Verena blieb kurz vor dem Spiegel stehen, als sie gerade im Begriff war, die schmutzige Wäsche in den Wäschekeller zu bringen. Wer war diese alternde Person, die ihr mit dem Versuch eines Grinsens entgegenblickte? Wann nur hatte sich ihre unbeschwerte Jugend von ihr verabschiedet? Wann war sie zu diesem Staub saugenden, Kuchen backenden, Schulbrot schmierenden Lemming geworden?

In diesem Moment hörte sie das Schloss der Wohnungstür knacken. Es war ihr Sohn Max, der von der Schule nach Hause kam. Verena sah ihm sofort an, dass ihn etwas betrübte. Und sie sah auch, dass er versuchte, es zu überspielen. Ach G'ttchen, er war ein Teenager. So viele Dinge, die einen in diesem Alter quälten. Was hatte sie gezittert, als sie damals ihre Tage bekommen hatte (in der Geschichtsstunde von Herrn Balthasar). Und noch genau daran erinnern konnte sie sich, wie ihr kleiner Bruder eines Morgens, wenige Stunden nach seinem ersten feuchten Traum seine Bettwäsche unbedingt alleine zur Waschmaschine bringen wollte und alle am Frühstückstisch ein berührtes Lächeln auf den Gesichtern hatten. Ach ja, die Jugend und ihre tausend Fragen. Mal sehen, was es bei ihrem Maxi war.

»Maxi, ist alles in Ordnung?«
»Ja ja.«
»Maxi, komm mal her!«
»Was ist denn?«
»Schau, ich bin deine Mutter und ich spüre, wenn mein Sohn unzufrieden, gekränkt oder verwirrt ist.«
»Ach, Mami!«
»Rede mit mir darüber, Maxi!«
»Ich würde ja, aber ich glaube nicht, dass du es verstehen würdest!«

Verena war gerührt. Gerührt ob des sich ewig wiederholenden Zyklus zwischen Eltern und Kindern. Jede Generation macht aufs Neue ihre Erfahrungen. Und jede Generation denkt aufs Neue, sie bliebe allein damit, unverstanden. Doch wozu gab es Eltern, wenn nicht, um ihren Sprösslingen beizustehen, ihnen die Fragen des Lebens zu erklären, sie beim Erwachsenwerden zu betreuen. Verena fühlte sich gebraucht und erfüllt. Und wenn ihr voranschreitendes Alter und ihre vergangene Jugend etwas Gutes hatten, dann, dass sie mit ihren bereits gemachten Erfahrungen, ihrem geliebten Sohn gut gemeinte Ratschläge geben konnte.

»Na, versuch es doch mal, Max. Vielleicht verstehe ich es ja doch!«
»Mama... ich weiß gar nicht, wo ich anfangen soll...«
»Wo du willst, mein Schatz, ich habe Zeit!«
»Also... ich habe Probleme.«
»Was für Probleme?«
»Probleme mit einem Clan!«
»Was für einem Clan?«

»Den Killer-Wizards!«
»Gehen die auf deine Schule?«
»Ja! Und die wollen mich töten!«
»Moment Mal, Max... töten!?«
»Ja, gestern hat UnrealKing mich in so ´ne Falle aus Reisig gelockt, ich bin hineingetappt, weil ich ihm vertraute... und dann kamen sie alle: BlackJeanny, WhiteKnight, Alexxanda, Kirby, MetalHead12 und sogar WolfNose... und haben angefangen, auf mich zu schießen!«
»Waaas? Gib mir sofort ihre Telefonnummern, ich rufe ihre Eltern an!«
»Was sollen die denn tun? Die kümmert das doch eh nicht, was da passiert!«
»Aber dann muss ihnen das jemand sagen, Max!«
»Ich hab ja angefangen....«
»Wieso...?«
»Na, ich hab dem Anführer der Killer-Wizards seinen Spezialmantel geklaut, als der gerade im Trainingscamp war. Und ihn dann bei eBay verkauft für 200 Euro. Dafür habe ich mir dann die neuen Lüfter und den Subwoofer gekauft! Aber Kirby hat das mitbekommen und die ganze Aktion mit ´nem Screenrecorder aufgenommen und das Video per Multibluetooth auf alle Handys in der Schule geschickt.«
»...«
»Ja, und jetzt hat WhiteKnight meine ICQ-Nummer von Norman gekriegt und mir gesagt, dass ich zwei Tage habe, um den Mantel zurückzugeben, sonst.... sonst...«
»Sonst was?«
»Sonst startet der ´ne groß angelegte Kampagne gegen mein Dorf!!! Der will alles abfackeln.«
»Welches Dorf?«

»Na Gizmotown! Ich hab über ein Jahr gebraucht, um das aufzubauen! Wir haben jetzt sogar ′ne eigene Schmiede und den großen Basar!«
»Wovon redest du, Max?«
»Siehst du, ich wusste, du würdest es nicht verstehen! Ich hätte es dir nie erzählen sollen!«
»Nein, Max... ich verstehe dich... ich versuch′s zumindest! Ich dachte einfach, es sind andere Dinge, die dich verstimmen. Dinge, die ich auch durchlebt habe...«
»Und als wäre das nicht schon genug hat The Jibster aus dem Onyx-Clan jetzt auch noch den Chatraum unserer Clanwebsite zugespammt mit Porno-E-Mails!!! Kannst du das glauben, Mama!? Und die sind so codiert, dass man die nicht deleten kann! Und jetzt können wir gar nicht mehr planen, geschweige denn, ′ne anständige Strategie gegen die Killer-Wizards auffahren! Ich hab das Gefühl, als hätte sich die ganze Welt gegen mich verschworen!!!!«
»Ja, das hat man manchmal, Max. Aber ich bin sicher, dass, wenn ich mit den Eltern von diesem...«
»The Jibster...«
»Se Gibsta, hat der auch einen Nachnamen?«
»Ja, Volkmann!«
»Wenn ich mit den Volkmanns rede, werden wir sicherlich zu einer Lösung für euren »Krieg« kommen...«
»Ja, bestimmt...«
»Wieso denn nicht?«
»Weil The Jibsters′ Papa selbst in dem Clan ist. Der ist EDV-Chef bei so ′ner Serverfirma und nach Feierabend ist er FlameCook... der hat drei magische Armbrüste und das Energy-Cape aus Level 19! Das hat der sich selbst umprogrammiert...«

»Wie kann ich dir denn sonst helfen?«
»Ich brauche Rupien. Ganz viele Rupien. Dann könnte ich den Waffenschmied Swordmaster_Kilian vom Nebendorf Kryxx bestechen, so dass er die Waffen vom Killer-Wizard-Clan vergiftet... dann hätten wir *vielleicht* 'ne Chance!«
»Rupien...«
»Ja!«
»Ich hab keine Rupien im Haus!«
»Na, du überweist einfach 60 Euro online auf den Spieleserver... dafür bekomme ich 2000 Rupien... und dann sollte das klappen!«
»Ich werde mit deinem Vater darüber reden.«
»Mama, Papa kommt erst um sieben von der Arbeit. Bis dahin könnte alles verloren sein!«
»Ja, aber Maxi, ich kann dir nicht einfach so viel Geld geben, du hast doch gerade Taschengeld bekommen.«
»Das ist schon für die Uniformen und mein neues Headset draufgegangen!«
»Maxi, darf ich dich mal was fragen? Interessierst du dich eigentlich überhaupt für... wie soll ich sagen... *normale* Teenagerdinge?«
»Was meinst du mit *normal*?«
»Na... z.B. Mädchen?«
»Klar, ich hab sogar 'ne Freundin!«
»Wirklich!!? Na, das finde ich ja süß... und das ist auch total mein Gebiet... wenn du irgendwelche Fragen hast...«
»Eigentlich nicht... ich meine, es läuft ganz gut. Ihr Name ist Evgenia, sie ist Wunderheilerin mit Zusatzpack und der ganze Clan benutzt sie!«
»Was meinst du mit *benutzt* sie?«
»Na, sie lebt in unserer Scheune, ThunderWonder hat sie auf

einem seiner Streifzüge durch den Smelly Forrest am Rande des Diodengebirges gekidnappt und jetzt vergewaltigen wir sie nach jeder gewonnenen Schlacht! Es ist schon so was wie 'n Ritual. Kirby zwingt sie immer dazu, sich Armbrüste reinzustecken. Dann überschütten wir sie gemeinsam mit Ambrosia und zünden sie an. Das ist immer voll lustig!«
»Aber Max, das ist doch keine... normale Beziehung!«
»Wieso?«
»Wollen wir uns denn nicht mal alle zusammen treffen, zu Kaffee und Kuchen, du, ich, Papa, Evgenia und ihre Eltern?«
»Das wird schwierig werden!«
»Warum?«
»Weil wir Evgenias Eltern getötet haben!«
»Aber...«
»Der Schädel von Evgenias Vater Mordokk schmückt jetzt unser Rathaus!«
»Verstehe...«
»Mama, es war echt schön, mit dir darüber zu reden.«
»Natürlich, Max, dafür sind Mütter doch da!«
»Ja, das sagt meine... andere... Mutter, Latitia, auch immer!«
»Deine andere Mutter... Maxi, ich werde dir das Geld überweisen... aber nur das eine Mal, okay!? Aber danach müssen wir mal zusammen mit Papa ein ernstes Gespräch führen...«
»Okay! Danke Mama, du bist die Beste!«

Als Verena wieder am Spiegel vorbeikam, sah sie noch etwas älter aus als nur wenige Minuten zuvor.

ASOZIAL. ASOZIALER.
100% AUTOBIOGRAFISCH.

Asozial ist:
Seinem Nachbarn einen Brief zu schreiben, wenn dieser am Vorabend mal wieder ein wenig zu laut war.

Asozialer ist:
Diesen Brief, anstatt ihn vor die Tür, durch den Briefschlitz an der Haustür oder in den Briefkasten des Nachbarn zu stecken, mit einer Briefmarke zu frankieren und zur Post zu bringen, damit der Briefträger ihn am nächsten Tag vorbeibringt.

Asozial ist:
Von einem Kollegen zu einem Kaffee eingeladen zu werden und ihm dann, aus schlechtem Gewissen, das passende Kleingeld zurückzugeben.

Asozialer ist:
Einen Kollegen ungewollt auf einen Kaffee einzuladen, weil dieser beim Zahlen merkt, dass er kein Geld bei sich hat und ihn bei nächster Gelegenheit darauf hinzuweisen, dass er einem ja noch Geld schuldet.

Asozial ist:
Nachdem ein anderes Auto die Stoßstange des eigenen lediglich sanft touchiert hat, Tramram zu machen.

Asozialer ist:
Nachdem man Zeuge davon wurde, wie ein Auto ein anderes (nicht das eigene) »berührt« hat, das Kennzeichen zu notieren und die Polizei zu verständigen UND mit einem guten Gewissen einzuschlafen.

Asozial ist:
Den alten Zeiten nachzutrauern.

Asozialer ist:
Den alten Zeiten nachzutrauern, den Holocaust zu negieren, den Juden postum die Schuld an ihrer eigenen Vergasung, die ja nie stattgefunden hat, zuzuschieben UND sich über die hohen Kosten des Holocaustdenkmals zu beklagen.

Asozial ist:
Seine Freundin einen Tag vor deren Geburtstag aus dem Kaufhaus anzurufen, in dem man gerade ihr Geschenk kauft, ihr davon zu berichten und somit die Geburtstagsüberraschung zu zerstören.

Asozialer ist:
Ihr mitzuteilen, dass man das perfekte Geschenk für sie gefunden hat und es ihr kaufen würde, wenn sie 50 Euro dazulegt.

Asozial ist:
Über Mario Barth zu lachen

Asozialer ist:
Mario Barth zu sein

Asozial ist:
Zigaretten selbst zu stopfen, um Geld zu sparen.

Asozialer ist:
Sich Zigaretten für eine ganze Woche vorzustopfen um Geld *und* Zeit zu sparen.

Asozial ist:
Kaffee, der nach braunem Spülwasser schmeckt.

Asozialer ist:
Stinknormalen Dreckskaffee in seinem Kiosk zu verkaufen, extra viel H-Milch reinzukippen und ihn bei dreifachem Preis als »Latte Macchiato« anzubieten.

Asozial ist:
Seine Kinder ausschließlich mit Tiefkühlkost zu ernähren.

Asozialer ist:
Seinen Kindern zu erzählen, es sei gesünder so, weil die ganzen Bakterien so abstürben, und ihnen zu verheimlichen, dass nicht nur die Bakterien, sondern vor allem die Vitamine und überhaupt fast alle Nährstoffe darin durch dieses Verfahren sterben, sodass man genauso gut Pappe mit Salz und Pfeffer essen könnte.

Asozial ist:
Ausschließlich bei Aldi einzukaufen

Asozialer ist:
Seine Wohnung danach auszuwählen, wie weit die Entfernung zum nächsten Aldi ist.

DIE MILLIONEN-FRAGE.

Neulich nachts träumte ich folgenden inhaltsschwangeren Traum. Ich sitze im RTL-Studio bei der Millionenfrage von »Wer wird Millionär«. Die Kameras sind scharf auf mich gerichtet. Ich habe bereits hirnquälende Fragen aus Showbiz, Geographie und deutscher Redewendungskunde gemeistert und habe wohlgemerkt noch alle drei Joker. Günther Jauch blödelt in seiner bekannten Art vor dem Publikum und fragt mich, was ich mit dem Geld machen würde, wenn ich die letzte Frage richtig beantworte. Ich sage:
»Ich möchte mir ein goldenes WC bauen lassen, das auf der gesamten Innenseite mit Brillanten gepflastert ist.«
Das Publikum grölt ein wenig und auch Herr Jauch schaut mich missgönnerhaft an. Schließlich schreiten wir zur Millionenfrage. Ein Tusch ertönt und ich staune nicht schlecht, als die folgende Frage auf dem LCD-Monitor vor mir erscheint:

Wie viele Juden wurden während des Dritten Reiches ermordet?

a) keine
b) 100
c) 5.000
d) 6 Millionen

Ich muss mich fassen. Was soll das? Wieso bekomme ich eine solche Frage gestellt? Obwohl ich die Antwort weiß, beginne ich beim Missverhältnis der Antworten zueinander zu zweifeln. 6 Millionen! Natürlich 6 Millionen. Aber das weiß doch nun wirklich jeder! Warum ist die Millioneneurofrage so leicht? Wieso bekomme ich nicht die üblich schwierige Frage, z.B. wie der Großcousin des Muftis von Bahrain mit Mittelnamen heißt oder wie viele Glieder die Wirbelsäule des litauischen Nasenbären hat? Ich fühle mich als Opfer einer großangelegten Verschwörung.

Ich will auf Nummer sicher gehen und entscheide mich dafür, meinen Publikumsjoker einzusetzen. Erneut stellt Günther Jauch die Frage: »Wie viele Juden wurden während des Dritten Reiches ermordet?« Die notorische Spannungsmusik setzt ein und die Zuschauer tippen flink in ihre Abstimmungsgeräte. Das Ergebnis erscheint auf dem Monitor vor mir. Unglaublich: 82% des Publikums haben für b) 100 gestimmt und der Rest für a) keine. Ich schaue verdutzt zum Publikum. Handelt es sich hier etwa um eine Reisegruppe von Altnazis? Wie können die nur...? Was passiert hier? Die Antworten werden sicherlich zu einem Eklat in der Tagespresse führen. Gut, ich werde mein Geld mit nach Hause nehmen und von nun an in Saus und Braus leben... aber zu welchem Preis? Ich bin unter Nazis... unter Holocaust-Leugnern... Pack, Abschaum, Dreck!!!

»Na, da war das Publikum sich aber relativ einig!« schnorchelt Jauch in die Kamera. Ich beginne zu schwitzen. Denen werde ich's zeigen, denke ich, am Ende wird die Wahrheit siegen... schließlich leben wir in einem Wissensstaat und nicht in einer populistischen Diktatur! Ich zücke meine Geheimwaffe. Ich werde meinen Telefonjoker einsetzen.

»Um wen handelt es sich?« fragt Jauch, gewohnt heiter.
Ich zögere etwas und sage dann ernst ins Mikrofon:
»Ach, niemand Besonderes... nur Herr Professor David Klumbein, unter anderem Gastdozent für Holocaustforschung an der Universität Haifa!«
Es ertönt das Freizeichen. Er wird sie zum Schweigen bringen, weiß ich.
»Shalom!« ertönt die heitere Stimme Klumbeins am anderen Ende der Leitung.
»Guten Tag, Herr Klumbein. Hier spricht Günther Jauch!«
»Oh, was für eine Überraschung, Herr Jauch! Wissen Sie, wir bekommen hier in Israel auch RTL. Ich kenne Sie.«
»Das ist super. Ein Bekannter von Ihnen sitzt hier neben mir... und ist bei einer Million Euro!«
»Das ist fein!«
Jauch übergibt an mich und fügt hinzu: »Sie haben 30 Sekunden Zeit, ab jetzt!«
»Shalom, Professor Klumbein, die Frage lautet: Wie viele Juden wurden unter Hitler ermordet? Keine, 100, 5000 oder 6 Millionen?«
»Nun, also ich denke, wir beide kennen die Antwort!«
»Ja, Herr Professor, sicherlich, aber würden Sie sie bitte laut sagen, sodass jeder sie hören kann!«
»Also, ehrlich, das ist doch lächerlich!«
»Professor, hören sie: Wieviele Juden waren es? Ich gewinne die eine Million sowieso, aber das Publikum scheint nicht Bescheid zu wissen. Tun Sie es für Israel, für alle Juden, für die Aufklärung... aber in Hashems Namen: Sagen Sie die

Zahl! Sagen Sie, wieviele unserer Brüder und Schwestern heimtückisch und auf menschenverachtende Weise umgebracht wurden damals!«
»Was soll das, wer ist da???«
»Professor, ich flehe Sie an?«
»Also, soviel ich weiß, und anhand aller validen Überlieferungen und Schätzungen war die Anzahl der Individuen, die zur Amtszeit von Hitler als Reichskanzler eliminiert wurden... was? Ja, Rachel ich komme gleich... einen Moment noch... ja, natürlich weiß ich, wann wir zu Abend essen... ja, du bist die beste Köchin, die es gibt auf der Welt, Motek sheli...«
»Professor?«
»Verzeihung... ach ja, die Juden... machen wir es kurz. Es waren...«
Ein leichtes Klicken in der Leitung...
»Professor? Professor???«

»Ihre Zeit ist leider um!«, sagt Günther Jauch.
Ich kann es nicht fassen. Ich schwitze nun für alle sichtbar auf der Stirn. Es muss ein leichter Anschein von schierer Panik in meinen Augen sein, denn Herr Jauch schaut mich besorgt an und fragt: »Möchten Sie vielleicht ein Glas Wasser?«
»Nein... nein... es geht schon!«, sage ich.
»Den 50:50-Joker bitte!«

Nun soll der Spuk endlich ein Ende haben!
Als ich auf dem Monitor in Zeitlupe sehe, wie die Antwort mit den 6 Millionen vor meinen Augen verschwindet, bin ich zunächst sprachlos. Irgendetwas kann hier nicht stimmen. Das kann doch nicht sein. Ah, wahrscheinlich kommt

gleich irgendein Comedian hinter der Bühne hervor und weist mich darauf hin, dass ich gerade Opfer der versteckten Kamera geworden bin. Alles klar! Doch da hätten sie sich einen Dümmeren aussuchen sollen. Nicht mit mir und nicht auf diese Art!

»Und wo ist er versteckt?« frage ich Günther Jauch.
»Wie bitte? Wer soll denn hier versteckt sein?«, entgegnet der aalglatte Jauch unter dem hämischen Gelächter des Publikums.
»Na, der Hanswurst von der versteckten Kamera?«
»Ich versichere Ihnen, hier ist niemand von einer solchen Show, aber wieso auch?«
»Na... die richtige Antwort... sie ist weg!!!!«, schreie ich.
»Aber so beruhigen sie sich doch... dann war es wohl doch nicht die richtige Antwort... also was soll es sein: a) keine oder b) 100???«
»Aber, das ist doch Schwachsinn! Es waren 6 Millionen... 6 Mil-lio-nen!! Herr Jauch, liebes Publikum, ich bitte Sie... wenn das ein schlechter Scherz ist... dann hören Sie bitte damit auf!!! Im Namen der Wahrheit und der deutschen Vergangenheitsbewältigung!!!«
Ein zorniges Murren geht durch das Publikum.

»Ich muss Sie bitten, sich jetzt zu entscheiden!«, sagt Günther Jauch. Ich schaue ihn an. Hatte er nicht gerade noch ein blaues Sakko an? Plötzlich trägt er ein braunes Hemd. Was geschieht hier?
»Also...wie lautet ihre Antworrrrt?«
Seit wann rollt der liebe Herr Jauch das »R« so?
»Aber... das ist doch... warum... ich... kann.. nicht........«

Als ich ihn nun angucke, sitzt er in voller Hitlermontur vor mir. Ich traue meinen Augen kaum. Auf einmal sehe ich riesige Hakenkreuzfahnen im Publikum. Erst ganz zaghaft, doch nach wenigen Sekunden werden hunderte von ihnen geschwenkt, wie Mannschaftsflaggen bei einem Fußballspiel. Mir wird schwindelig.

»Nun, wie lautet die Antworrrrrrt? Ich befehle Ihnen zu antworrrrten. Soforrrrrt!«
Oh mein G'tt. Günther Jauch sieht nicht nur so aus wie Hitler. Er *ist* Hitler! Meine Knie zittern und ich spüre Angstschweiß an meinem Nacken.
»Nun antworrrrten Sie doch endlich! Also: Wie viele Juden wurden während meiner Amtszeit versteckt??«
»Nein. Stop!!! Nonsens... 6 Millionen... es waren 6 Millionen. Sie wurden deportiert, gefoltert, gehängt, erschossen, vergast, getötet!!! Kinder, kleine Kinder!!! Ermordet!!!! Wegen Nichts! Wegen NICHTS!!!! Einfach so!!!! Ihr Schweine!!! Alles Schweine....!!!!«

»Bleiben Sie bei ihrer Antworrrrrrt?«
»Ja, ich bleibe bei der Antwort und ich scheiße aufs Geld! Ich hab ja immer noch die 16 Tausend, die nutze ich zur Ausreise nach Israel... Scheiß auf euch alle und auch auf Sie, Herr Jauch!!! Ich mochte Sie nie. Sie sind immer so brav und mittelmäßig... ich hab schon immer vermutet, dass dahinter ein gefährlicher Psychopath steckt!!!«
In diesem Moment zückt Herr Günther Jauch-Hitler einen riesigen Holzhammer und schlägt ihn auf das Pult vor ihm.
»Im Namen des deutschen Rrrrreiches verurteile ich Sie zum Aufenthalt im Arbeitslager Dachau. Ihre Gewinnsumme

wird dazu verwendet, den Schaden zu tilgen, den Sie mit Ihrem lächerlichen Auftrrrritt hier angerrrrichtet haben! Sieg Heil!!«

Fünf SS-Männer ergreifen mich an den Armen und schleppen mich unter den verachtenden Rufen des Publikums zum Studioausgang.

Danach bin ich aufgewacht. Seitdem esse ich nie wieder Sauergurken vor dem Schlafengehen.

Die tun mir wirklich nicht gut.

DIE VER--KNÜP--FUNG--

Herr Sho-Tung war ein äußerst rätselhafter Mensch. So rätselhaft, dass er sich manches Mal selbst nicht lösen konnte. Er war irgendwann Mitte der 70er nach Deutschland gekommen, im Rahmen eines Kulturaustauschs zwischen Berlin und seiner Partnerstadt Peking. Als das subventionierte Kulturjahr zu Ende gegangen war, blieb Herr Sho-Tung einfach hier. Niemand stellte Fragen, denn schließlich war Herr Sho-Tung Chinese und man würde seine Antworten ohnehin nicht verstehen. Fortan bestritt er seinen Lebensunterhalt als Erfinder. In einem Kleinraumbüro am Ernst-Reuter-Platz, das direkt hinter einer Werbetafel gelegen war, brütete er über Innovationen für die freie Wirtschaft. Ab und zu kam etwas wirklich Brauchbares heraus. Wie 1979, als Herr Sho-Tung die Taxirufsäule erfand. Oder 1981. Da entsprang seinem kreativen Geist der Bauplan für das Würstchen, das mit Ketchup und Senf gefüllt ist und das sich seither größter Beliebtheit an Tankstellen und auf Jahrmärkten erfreut. Ja, Herr Sho-Tung hatte einen Riecher für Dinge, die die Welt braucht. Als er jedoch 1986 bei dem Versuch, einem Schimpansen ein menschliches Herz einzupflanzen, von just diesem ins Ohr gebissen wurde, veränderte Herr Sho-Tung sich. Der Affenbiss hatte irgendwas in ihm ausgelöst. Etwas

Unwiderrufliches. Er quittierte seinen Beruf als Erfinder, verkaufte sämtliche Patente an Rolf Eden und ließ sich in die Schlossparkklinik einweisen, wo er seitdem hausiert.

Hier lernte ich ihn auch kennen. Es war meine erste Anstellung als Pfleger und ich begegnete Herrn Sho-Tung zum allerersten Mal bei einem morgendlichen Rundgang durch die Zimmer der Nervenklinik. Als ich das Zimmer betrat, das er sich mit einem anderen Herrn teilte, schaute mich Herr Sho-Tung mit schmalen, durchdringenden Augen an. Er war mir sofort sympathisch. Ich stellte mich vor und fragte ihn, ob er etwas zu trinken haben möchte. Herr Sho-Tung schaute mich lächelnd an und sagte: »Hitler«.

Ich war ein wenig verwirrt. Vielleicht hatte er meine Frage nicht verstanden. Ich fragte noch einmal, diesmal etwas lauter.
Dann meldete sich sein Zimmernachbar zu Wort:
»Nee, der is nich taub, der versteht alles! Nur leider versteht niemand *ihn*!«
Es folgte ein schallendes Lachen, das irgendwann in ein winselndes Pfeifen umschlug.
Na gut, dachte ich, wenn der Prophet nicht zum Berg kommt, kommen die Getränke eben zum Chinesen. Und so betrat ich zehn Minuten später erneut das Zimmer. Diesmal mit einer Auswahl an Getränken auf einem Tablett. In Ordnung, ich war in einer Nervenklinik, vieles, was hier geschah, folgte nicht den herkömmlichen Normen... und doch waren es Menschen mit normalen Bedürfnissen. Es musste doch möglich sein, auch die abstrusesten, chiffriertesten Wünsche zu entziffern. Es war meine Aufgabe, als Teil dieser

Institution, die Patienten verstehen zu lernen. Es zumindest zu versuchen.
Ich stellte mich nun direkt vor Herrn Sho-Tung und fragte ihn ein weiteres Mal, was er gerne trinken würde. Er überblickte die vielen Becher auf dem Tablett. Dann machten seine Augen halt und seine dünnen, faltigen Lippen formten etwas wie ein vages Lächeln. Er streckte seine Hand aus und zeigte auf den Becher mit Orangensaft. Dann blickte er mich freundlich an und sagte: »Hitler!«.
Ich gab ihm den Saft, den er gierig trank. Wieso, zum Teufel, nannte er den Orangensaft Hitler? Ich war besessen davon, es herauszufinden.

Noch am selben Tag zog ich mich nach Feierabend in mein Arbeitszimmer zurück und recherchierte alle nur erdenklichen Zusammenhänge zwischen diesen beiden Begriffen. Mein erster Ansatz war fehlgeschlagen, denn, wie ich herausfand, war Hitlers Lieblingsgetränk nicht Orangen-, sondern Birnensaft gewesen. Auch mein zweiter Ansatz, eine Suche innerhalb der chinesischen Sprache nach einem ähnlich klingenden Wort für Orangensaft, brachte keine brauchbaren Ergebnisse. Noch bis in die frühen Morgenstunden suchte ich in Büchern und im Internet nach irgendeinem Anhaltspunkt. Ich wollte Herrn Sho-Tung, diesen seltsamen, sympathischen alten Mann, so gerne verstehen. Irgendwann schlief ich vor dem Computer ein.
Als ich morgens aufwachte, hatte ich die Antwort. Wie nur hatte ich nicht sofort darauf kommen können? Es war so nahe liegend, so offensichtlich, so unverschämt einfach. Herr Sho-Tung dachte in Assoziationsketten. Und in diesem Fall war die Kette wie folgt:

Hitler war Künstler von Beruf gewesen, bevor er professionelles Arschloch wurde -- zum Malen braucht man einen Pinsel -- in Steglitz gibt es eine Kneipe, die »Bierpinsel« heißt -- Bier ist der Champagner des kleinen Mannes -- und wie jeder, also nun wirklich jeder weiß, gibt es auf Vernissagen immer Champagner oder eben... Orangensaft zu trinken.

Ich war so glücklich, ich hätte weinen können. Wie neu geboren und voller Frische zog ich mich an und ging zur Arbeit in die Schlossparkklinik. Es schien mir, als würden die Spatzen heute lauter piepsen als sonst immer und als röche die Luft an diesem sonnigen Novembermorgen nach Lavendel und Thymian.

Ich ging direkt in das Zimmer von Herrn Sho-Tung.
»Guten Morgen!«, sagte ich, nachdem ich die Tür geöffnet hatte. Die beiden Patienten nickten mir zu.
»Herr Sho-Tung«, fuhr ich fort, »was darf ich Ihnen zu trinken bringen? Wieder Hitler? Oder etwas anderes?«
Herr Sho-Tung schaute mich erleichtert an. Ob er ahnte, dass ich seinen Gedankencode geknackt hatte? Er machte eine Trinkbewegung und sagte still: »Fahrrad«.
Ich hielt kurz inne und dachte nach. Fahrrad... Fahrrad... na klar:
Ein Fahrrad hat eine Klingel -- ein Haus auch -- Kaspar Hauser war geistesgestört -- ein Flaschengeist kommt in den Märchen immer aus einer Wasserflasche -- Herr Sho-Tung wollte Wasser!
Ich eilte zur Klinikküche und erlebte Tränen in den Augen von Herrn Sho-Tung, als er das Glas Wasser in meiner Hand sah. Er hörte nicht auf zu nicken und signalisierte mir Freude

und Dankbarkeit. Nicht nur über das Getränk, sondern vor allem über den Umstand, dass er nun endlich verstanden wurde. Von diesem Moment an waren wir mehr als nur ein Patient und sein Betreuer. Wir waren Seelenverwandte... Freunde!

Die Monate vergingen und jedes Mal, wenn ich Herrn Sho-Tungs Zimmer betrat, erwartete er mich mit glänzenden Augen. Wir redeten über G'tt und die Welt (bzw. Buddha und den Klinikgarten) und es war mir möglich, auf all seine Bedürfnisse einzugehen und sie fast immer zu erfüllen.

Einmal konnte ich dadurch sogar eine äußerst brenzlige Situation entschärfen. Als ich nach meiner Mittagspause laute Schreie aus Herrn Sho-Tungs Zimmer hörte, lief ich hinein, nur um mehrere Krankenschwestern hilflos an seinem Bett anzutreffen.
»Was ist los?«, rief ich entsetzt.
»Herr Sho-Tung hört nicht auf zu schreien. Wir wissen nicht, was ihm fehlt. Er zeigt nur immer auf seine Nase.«
Ich zögerte keine Sekunde lang und sagte in einem resoluten Ton, ohne meine Augen von Herrn Sho-Tung dabei abzuwenden:
»Der Mann hat schmerzhafte Blasen an den Füßen. Holen Sie bitte sofort eine Salbe!«
»Was, aber wieso... Füße? Er zeigt doch auf seine Nase!«
Ich zog Herrn Sho-Tungs Socken von seinen Füßen und wahrhaftig... seine Fußsohlen waren übersät von dicken Pusteln. Er musste sie sich bei den gestrigen Bundes-Irren-Spielen zugezogen haben. Die Krankenschwestern staunten nicht

schlecht über diese wundersam hergeleitete Diagnose und flink rannte eine von ihnen aus dem Zimmer, um die Salbe zu holen, nach deren Auftragen auch blitzschnell Herrn Sho-Tungs Schreie aufhörten.*

Mein Ruf an der Klinik wurde immer besser und es lag zu einem nicht unermesslichen Teil an der eben geschilderten Episode, dass mir die Klinikführung eine Anstellung als Assistenzarzt anbot. Meine Fähigkeit, Herrn Sho-Tung zu verstehen, half mir auch bei der Behandlung vieler der anderen Patienten. Letztendlich ging es doch darum, Zusammenhänge zu erkennen und entsprechend zu handeln.
Allerdings hinterließ diese Fähigkeit auch ihre Spuren. Ich hatte die letzten Monate so intensiv mit Herrn Sho-Tung gearbeitet, dass ich selbst nun ausschließlich in Assoziationsketten dachte und es mir zunehmend schwerer fiel, Menschen zu verstehen, die ihre Gedanken ohne Umwege direkt äußerten.

Das erste Mal war mir dies aufgefallen, als ich eine Morgens zur Arbeit fuhr (ich war spät dran und dementsprechend schnell unterwegs) und fast einen Fußgänger angefahren hatte. »Arschloch!«, rief er mir zu.
Ich kombinierte automatisch Arschloch mit Anus -- Uranus -- Jupiter -- Saturn -- Mediamarkt -- Ich bin doch nicht blöd -- sprechendes Schwein -- Farm der Tiere -- Unsere kleine Farm -- Kabel Eins -- RTL -- Ulla Kock am Brink -- Verzeih Mir! Oh, wie nett, er entschuldigte sich auch noch bei mir dafür!

* Die Herleitung für Interessierte: Nase -- Nasa -- erster Mensch auf dem Mond -- Neil Armstrong -- Louis Armstrong -- Trompete -- Tuba -- Tube -- Niveacréme -- Eclaire mit Crémefüllung -- Claire Huxtable -- Bill Cosby -- New York -- New York Knicks -- Basketball -- Fussball -- Fuß.

»Nein, nein, es war mein Fehler!«, rief ich einem völlig entgeisterten Fußgänger morgens um neun am Spandauer Damm zu.

Ein anderes Mal verabredete ich mich mit einem jungen Fräulein aus der Buchhaltungsabteilung der Klinik in einem Restaurant. Wir lachten viel, aßen und tranken. Guter Dinge verließen wir das Lokal und schlenderten die winterlichen Strassen entlang. In einer Seitenstrasse küssten wir uns wild. Sie schaute mir in die Augen und sagte:
»Es wär schön, wenn du bei mir bleibst heut' Nacht!«

Moooment mal, dachte ich bei mir. Das war doch eine Zeile aus dem Song »Jein« von Fettes Brot!!?? Fettes Brot -- ein Brötchen -- ein Brötchen mit Nutella -- Nussnougatcreme -- Der Nussknacker -- Tschaikowski -- Russland -- Zarenreich -- Katharina die Große -- Stand die nicht darauf, Rasputin beim Geschlechtsverkehr anzukacken???

Ich nahm ihre zarte Hand von meinem Gesicht, als wäre es eine lästige Tierpfote, und sagte in einem angewiderten Ton zu ihr:
»Es tut mir leid. Der Abend war sehr angenehm mit dir. Aber ich stehe leider nicht auf Kaviarspielchen!«

Mit diesen Worten ließ ich sie stehen. Doch ein bitterer Nachgeschmack blieb. Hatte ich sie wirklich richtig verstanden? Oh mein G'tt, wie hatte ich so dumm sein können? Das war es nicht gewesen, was dieses unschuldige Mädchen mir hatte zu verstehen geben wollen. Es war eine ganz einfache Botschaft gewesen. Ohne diese umwegliche Kette. Die Kette

war viel simpler: Mit »Fettes Brot« war kein Brötchen gemeint gewesen! Sondern ein Bauernbrot. Bauernbrot -- Bauernhof -- Joghurt von Bauer -- Joghurt hilft bei Sonnenbrand -- Sonnenbrand kriegt man im Urlaub -- im Urlaub hört man Sommerhits -- so wie den von Las Ketchup -- Ketchup isst man zu Würstchen... ohhhh, dieses Miststück... ich hatte mich doch nicht geirrt... so oder so... es kam aufs selbe raus: diese Psychopathin wollte ein Würstchen auf mir legen. Und darauf stand ich nicht besonders. Puh, und einen Moment lang hatte ich gedacht, ich hätte diese Person zu Unrecht verstoßen. Aber nein, sie war ein Ekelstück. Der Teufel in Engelsgestalt. Das sind die Schlimmsten.
Aus irgendeinem Grund begann mein Bekanntenkreis immer mehr zu schrumpfen und auch die Kollegen in der Klinik mieden mich zunehmend. Der einzige, der mich verstand, war Herr Sho-Tung, dem ich, obwohl ich inzwischen Assistenzarzt war, nach wie vor, aus Tradition, wenn Sie so wollen, morgens einen Hitler, ein Fahrrad und manchmal auch einen Froschkönig oder eine lila Mülltonne ins Zimmer brachte. Meine restliche Umwelt wurde immer mysteriöser und unverständlicher. Die Leute reagierten komisch und abweisend auf meine Äußerungen.

Ich vereinsamte zunehmend.

Das dicke Ende meiner Karriere kam im Frühling. Bei einer Visite durch die Klinikzimmer klagte der Zimmernachbar von Herrn Sho-Tung über leichte Kopfschmerzen und verlangte ein Aspirin. Wie jeder weiß, stellt Bayer dieses Medikament her. Also blickte ich in die Zeitung, um das gestrige Spielergebnis von Bayer-Leverkusen zu überprüfen. Sie hatten sich Null zu Drei von Schalke 04 getrennt -- Schalke -- Thomas G'ttschalk machte doch Werbung für Gummibärchen -- Gummibärchen enthalten Gelatine -- Gelatine wird aus Rindergewebe gewonnen -- Rinderwahn heißt auch BSE -- SFB -- C&A -- H&M -- HIV -- Keith Haring ist an AIDS gestorben -- er malte Bilder im Graffiti-Stil -- Graffitis findet man häufig an U-Bahnzügen -- die Juden wurden im Dritten Reich mit Zügen nach Auschwitz gebracht -- dort arbeitete ein Arzt namens Dr. Mengele -- der auch als »der weiße Engel« bezeichnet wurde -- im Film »der blaue Engel« spielte Marlene Dietrich mit -- ein bekannter Schlagerhit in den 80ern war »Hey Marlene, reich mir mal die Creme« -- ein großer Hit von Prince hieß »Cream« -- also schlug ich die Zeitschrift Prinz willkürlich auf -- auf der Seite war ein Bericht über Nonnen in Afrika -- der schwarze Kontinent -- früher waren alle Kontinente sehr nah beieinander -- diese Formation hieß Pangäa -- Pangäa ist ein chinesisches Restaurant in München -- Baron Münchhausen war ein Lügenbaron.

Aha!!! Heureka! Der Patient wollte mir also mitteilen, dass er ein notorischer Lügner sei. Er hatte also keine Kopfschmerzen, sondern wollte gerne Kopfschmerzen haben. Bitte sehr. Und so holte ich aus dem Lagerraum einen Hammer und schlug dem Patienten mit diesem konsekutiv auf den Schädel. Währenddessen hatte sich Herr Sho-Tung im Schneidersitz auf sein Bett gesetzt und sprang in dieser Stellung auf und ab. Er klatschte wie wild in seine Hände und freute sich! Ab und zu rief er: »Hitler! Hitler!« Jedem anderen wäre er wahnsinnig erschienen. Doch keine Angst, Herr Sho-Tung, nachdem ich mich um Ihren Zimmernachbarn gekümmert habe, bringe ich Ihnen Ihren Orangensaft. Ich schlug und schlug und schlug. Der Hammer traf immer wieder mit einem dumpfen Geräusch auf den Skalp des Lügenbarons. Erst die hereinstürmenden Pfleger konnten mich bremsen. »Nein! Haltet mich nicht auf! Der Patient will es! Er will Kopfschmerzen! Er hat es mir selbst gesagt! Haha, Baron Münchhausen, bravo, ich habe verstanden! Und Marlene Dietrich war großartig in »der blaue Engel«!!! Kopfschmerzen? Bitte sehr!!! B-I-T-T-E-S-E-H-R!!!!!!«

Meine Versetzung war ein Prozess von nur wenigen Stunden. Assistenzarzt bin ich nicht mehr. Ich arbeite nun ehrenamtlich als Bettenadministrator in der geschlossenen Abteilung der Klinik. Um den Kollegen einen Streich zu spielen, schlafe ich auch manchmal dort. Nun ja, eigentlich immer. Na gut, eigentlich darf ich auch nicht raus, sagt jedenfalls mein Pfleger.

Aber wer weiß schon, was der damit wirklich meint.

HÄSSLICH.

Nicht alles auf der Welt ist schön.

Das meiste ist sogar ziemlich hässlich. Und ich meine damit nicht etwa hässlich im Sinne von schlecht, unrecht, moralisch nicht vertretbar und dergleichen. Ich spreche von simpler, unharmonischer, asymmetrischer, Tag zerstörender, Magen umdrehender, pathologischer, faszinierender Hässlichkeit.

Der Mensch ist tief im Inneren Ästhet. Daran lässt sich nichts ändern. Darüber muss man nicht diskutieren. Die Natur, das gesamte Universum ist strukturiert und symmetrisch, zyklisch und harmonisch. Wenn ein Mensch ein Auto kauft, also sich wirklich bewusst für eine teure Sache entscheidet, nimmt er kein hässliches Gefährt, sondern ein schönes. Wir wollen, dass unsere Wohnung schön aussieht und kämmen unsere Haustiere, damit sie schön sind.

Niemand möchte einen hässlichen Partner. Seien wir ehrlich. Niemand. Doch einige Menschen bekommen keinen schönen ab. So ist das einfach. So war es schon immer.

Warum machen wir einen solchen Hehl daraus?
Nein, August, deine neue Freundin Ulrike ist nicht hübsch; sie ist hässlich. Grässlich. Sie sieht aus wie ein Logo oder ein Kupferstich. Ich beneide dich nicht um sie und du brauchst

auch nicht die geringste Angst davor zu haben, dass sie dir jemals fremdgeht. Nicht weil sie so treu ist, sondern weil niemand für ein solches Abenteuer SIE, diesen derangierten Nasenbär nehmen würde. Aber gratuliere: sie hat tolle Ohren.

Am schlimmsten ist es mit Kindern. Jedes Elternpaar denkt, dass sein Kind am schönsten von allen ist. Aber so ist es nicht. Wir, die Objektiven, sehen, dass manche Kinder einfach keinen Charme in ihren miefigen, kleinen Gesichtern haben. Nur traut sich das kaum jemand zu sagen.

Och Mensch, der Kleine ist aber... der ist aber... irgendwie sieht euer Kind aus wie ein geschlechtsumgewandelter Ewok. Da stimmt ja gar nichts! Der hat gar keine kindlichen Züge mehr, sonder sieht aus wie einer dieser Menschen mit Wachstumsstörung, diese Omakinder, die mit 5 schon so aussehen wie 80. Die sterben doch auch so mit elf oder zwölf... Na, jedenfalls... ihr seid ja beide noch jung und beim nächsten Mal klappt es bestimmt besser. Vielleicht gebt ihr den Kleinen ja in ein Heim oder setzt ihn auf ´ne Liste für Adoptiveltern. Obwohl, ich glaube den werdet ihr nicht mehr los, so abgrundtief hässlich, wie der ist. Sag mal, hat Ulrike während der Schwangerschaft zeitweise in einem Klärwerk gearbeitet? Oder große Mengen Asbest gefressen? Scheiße. Tut mir leid! So, jetzt habe ich aber Lust auf Kaffee. Wer will Kaffee??? Ich hab ´ne tolle äthiopische Röstung.

Warum tun wir uns so schwer, die Wahrheit zu sagen? Warum tun wir so, als wäre alles toll und gut? Aus Respekt? Aus Höflichkeit? Ist es höflich zu lügen!? Wäre die Welt nicht

1000 Mal besser, wenn wir unsere Freunde und Mitmenschen mit Ehrlichkeit belohnen würden? Es gibt Stimmen, die vermuten, Schönheit sei relativ. Quatsch, das gilt nur für alles Mediocre. Zwischenstufen sind IMMER diskutabel, keine Frage. Aber das wirklich Schöne ist, wie das wirklich Hässliche, eindeutig und wird auch als solches von den meisten Menschen ohne Hornhautverkrümmung am Augapfel wahrgenommen. Wenn es nicht so wäre, hätten wir keine Gesetze für schön und unschön wie den goldenen Schnitt, die Harmonie- und Farbenlehre, den Jambus, Kochbücher, die moderne Physik oder Germany's Next Topmodel.

Hässlichkeit besitzt natürlich auch eine gewisse Anziehungskraft. Ist Ihnen das auch schon mal passiert? Sie sitzen in der U-Bahn und eine UNGLAUBLICH hässliche Gestalt sitzt ihnen gegenüber. Ich meine: die niedrigste Stufe der Evolution. Ein Nebenprodukt der Natur. Nicht behindert oder so. Einfach furchtbar unansehnlich. Ich meine: so, dass es wehtut. So, dass man daran zweifelt derselben Spezies anzugehören. In diesen Fällen setzt oft ein Ur-Reflex des Menschen ein. Man ist unfähig, das unsagbar Grässliche zu ignorieren. Man MUSS hinschauen. Man muss sich immer wieder aufs Neue davon überzeugen, dass es wahr ist, wie bei siamesischen Zwillingen oder einem sechsbeinigen Kater. Es ist so individuell, so abgrundtief falsch, dass man gezwungen ist, diesen Mutanten wieder und wieder zu mustern. Weil man ein Mensch ist. Weil man die Welt verstehen will, mit all ihren Rätseln.
Das Schlimme daran ist, dass in diesem Augenblick der reinen Forschung oft eine Missinterpretation stattfindet. Die geschundene Gesichtsbaracke ist von ihrer Hässlichkeit so

dermaßen sensibilisiert, dass sie denkt, man schaut sie an, weil man sie schön findet. Gerade wenn Beobachter und Beobachteter unterschiedlichen Geschlechts sind, wird die Situation brenzlig. Ein zerstörerischer und schmerzhafter Zyklus entsteht. Man schaut die Person an und sie schaut zurück... und lächelt womöglich noch, geschmeichelt durch die intensive Analyse ihrer niederen Gesichtszüge. In diesen Momenten helfen nur zwei Dinge: Entweder man springt aus dem fahrenden Zug und zerschmettert auf den Schienen oder man konfrontiert das Forschungsobjekt mit der Wahrheit:

»Hallo, Sie haben wahrscheinlich bemerkt, dass ich Sie nun seit einiger Zeit anstarre. Wenn Sie nichts dagegen hätten, würde ich Ihnen gerne erklären... warum! Sie sind ja... extrem hässlich, ich denke, das wissen Sie. Sie sind, und das ist wirklich etwas Besonderes, wahrscheinlich der hässlichste Mensch, der mir jemals begegnet ist. Ich hatte am Anfang Schwierigkeiten zu erkennen, ob Sie Mann, Frau, Kind oder Hund sind, so hässlich sind Sie. Ich starre Sie an, weil Ihre enorme Hässlichkeit für mein Auge unfassbar ist. Erst wenn ich jeden Zentimeter Ihrer bemitleidenswerten Visage gescannt habe, finde ich Frieden, verstehen Sie!? Ich muss Sie einfangen, beäugen, studieren, damit ich weiß, dass es Sie wirklich gibt und Sie nicht bloß eine kranke, psychotische Ausgeburt meines inneren Dämonen sind. Wenn ich das getan habe, dann weiß ich, dass Sie real sind, und kann mein Leben von nun an daraufhin ausrichten, dass sich unsere Gene niemals kreuzen. Oder die meiner Kinder mit Ihren Kindern. Das ist wichtig für die Erhaltung der Schönheit in unserer Welt. Jetzt habe ich... haha... jetzt habe ich für einen

Moment lang gedacht, dass Sie meinen könnten... hihi... ich schaue Sie aus Verliebtheit oder erotischem Interesse an... hehe... aber... und das ist eigentlich der Grund, warum ich nun mit Ihnen rede... das... dieser Gedanken Ihrerseits, selbst wenn er nur hypothetisch wäre... ist... hoho... so unfassbar absurd, so abwegig, so falsch... so unmöglich... dass es mir große psychische Schmerzen bereitet, auch nur daran zu denken, dass Sie ihn für möglich halten könnten.

Anders: vergessen Sie alles, was ich eben gesagt habe. Von vorne. Blatt in Papierkorb. Zerknüll... schmeiß... neu! Die Wahrscheinlichkeit, dass Sie und ich jemals, und ich beziehe alle vorangegangenen und zukünftigen Leben mit ein, irgendeine Form von Geschlechtsverkehr miteinander haben würden, werden oder gehabt hätten ist so gering wie die Wahrscheinlichkeit, dass allen Pferden der Welt *gleichzeitig* ein zweiter Penis auf dem Rücken wächst UND es einen zehnten Planeten namens Grunntor-Y in unserem Sonnensystem gibt, in dessen Erdkern sich eine Videothek befindet, die ausschließlich ungarische Softcorepornofilme beinhaltet, mit Hauptdarstellern, die ausnahmslos eine erschreckende Ähnlichkeit mit Dschingis Khan besitzen.

Noch mal anders, nicht aus Hochmut, sondern nur, damit Sie mich verstehen. Die Wahrscheinlichkeit, dass ich mich freiwillig, ohne Waffengewalt oder vollständige Änderung der chemischen Zustände in meinem Organismus durch Zwangsverabreichung von Medikamenten, mit Ihnen paaren würde, ist eine Milliarde Mal geringer als die Wahrscheinlichkeit, dass Menschen Latte Macchiato mit Walnussgeschmack pissen, rote Legosteine kacken, eine neue

Ozonschicht zusammenfurzen und die gesammelten Werke von Maxim Biller kotzen!!!

Aber mal eine Frage in ganz anderer Sache: Wissen Sie ganz zufällig, ob ich bei der nächsten Station in die U8 umsteigen kann? Hallo?«

DAS GUMMIBAND.

»Sie möchten also ein Gewerbe anmelden?«, fragte die Mitarbeiterin des Gewerbeamts Zehlendorf ihr aufgebrachtes Gegenüber an einem nicht sonderlich aufgebrachten Dienstag Morgen.
»Riiiechtig!« antwortete ihr Arkadasch, ein Mann in seinen besten Jahren. Er war 1966 in Baku geboren und das sah und roch man ihm irgendwie auch immer noch an.
»Und um was für ein Gewerbe handelt es sich dabei genau, Herr Ponirowa?«
»Business!«
»Nun, das wäre dann die englische Übersetzung von Gewerbe... aber was genau wollen Sie machen, anbieten, vertreiben, leisten!?«
»Nu, Biiiesiness, bliat! Schto Geweeeerbe? Alle machen...«, schrie nun ein gereizter Arkadasch Ponirowa. Auf seinem Kinn lag ein nervöser Speichelrest, den der vorangegangene Ausruf produziert hatte. Irgendwie lag Baku nie weit weg. Selbst hier, im wohl behüteten Zehlendorf.

So hatte der Tag für Arkadasch begonnen. Er wollte neue Wege gehen. Für das italienische Restaurant »Andreij«, das er die letzten Jahre am Teltower Damm betrieben hatte, hatte er vorige Woche Konkurs anmelden müssen. Ganz zur

Unfreude eines seiner Lieferanten, der sich nun im Kreise drehen konnte: das Geld für die letzte Ladung Büffelmozzarella würde er nie zu Gesicht bekommen.
Nein, mit Gastronomie war das große Geld nicht zu machen, das hatte Arkadasch in den vergangenen Jahren auf schmerzhafte und demütigende Weise erfahren müssen. Stattdessen wollte er das machen, was inzwischen alle machten: Geschäfte. Richtige Geschäfte! Die dicken Dinger. Sie würden alle noch staunen, was er auf Lager hatte. Was insofern ironisch war, da seine Familie und er die ersten Monate in Deutschland in einem ebensolchen verbracht hatten. Russische Geschäftsmänner machten heutzutage nicht einfach so irgendwie Geschäfte. Aserbaidschanische schon gar nicht. Es ging nicht so sehr darum, was man tat, sondern darum, wie man es tat. Es musste Stil haben. Wie Michael Douglas in Wallstreet. Und so nahm Arkadasch noch vom Gewerbeamt ein Taxi in Richtung Ku'damm.

»Budapester«, knurrte er mürrisch, aber erwartungsvoll zum Fahrer. Hier entstand das erste Missverständnis. Der Taxifahrer brachte ihn zur Budapesterstrasse. Nach einem kleinen Umweg gelangten sie zum ersehnten Edelschuhgeschäft, dem designierten Ziel von Arkadaschs neuer Existenz.
»Dit macht dann 31 Euro 90!« Arkadasch reichte ihm einen 50-Euro-Schein, verzichtete aufs Wechselgeld und verließ die Taxe.
Der Taxifahrer steckte das Geld ein und dachte bei sich: »Wenn ich das Geld nicht so gut gebrauchen könnte, dann würde ich darauf scheißen! Neureicher Bauerntrottel!«
»Wer mit Geld um sich wirft, der hat genug!« dachte sich

hingegen Arkadasch und befühlte den Inhalt seiner rechten Manteltasche. Ein dickes Papierbündel, nur von einem Gummiband zusammengehalten. Das Startkapital von 20.000 Jewro hatte ihm der Bruder des Buchhalters des Cousins des Frisörs des Pudels seiner Frau zur Verfügung gestellt. Dieser betrieb einen »Zeitungskiosk« an der Kantstrasse, der auch ab und zu für Lagerzwecke gänzlich anderer Art genutzt wurde. Insgesamt ein rentables Geschäft.

Bei Budapester erstand Arkadasch vier Paar identischer schwarzer Schuhe. Schließlich ist man ja kein Penner. Nun waren es nur noch 18.000 Jewro. Als nächstes überquerte er den Ku'damm und betrat, nach außen hin resolut, aber innerlich ein wenig eingeschüchtert, das Outlet von Patrick Hellmann. Ein freundlicher, homosexueller Verkäufer kam ihm leicht affektiert entgegen und strahlte übers ganze Gesicht bis hin zu seinen vom Gel verhärteten Arschfickerlöckchen:

»Kann ich Ihnen helfen?«
»Ja. Ich will neue Persönlichkeit!«
»Natürlich, bitte folgen Sie mir unauffällig!«
»Warum, wer verfolgt mich? War Polizei hier?«
»Nein, das ist nur so ein... kommen Sie bitte hier entlang!«

Sie betraten die Konfektionsabteilung.
»Wie würden Sie denn gerne so sein?«
Arkadasch schloß die Augen und überlegte ein paar Sekunden lang. Vor seinem inneren Auge sah er einen Mann, der nur entfernt an den alten Arkadasch Ponirowa erinnerte. Der Glanz des Gewinnens umhüllte die fiktive Figur und ließ sie erscheinen wie einen heroischen Arbeiter auf alten,

sowjetischen Propagandaplakaten. Nur ohne das Arbeiterhafte. Es war der brandneue Arkadasch. Der wollte er sein.

Dann sagte er mit noch immer geschlossenen Augen zum Verkäufer:
»Mister Wichtig! Ich möchte ausstrahlen Macht. Verstehen Sie? Maaaacht!«
»Hmmm... da empfehle ich unseren dunkelblauen Dreireiher mit Nadelstreifen! Wollen Sie den vielleicht mal anprobieren?«
»Neeeein!«
»Dann was anderes?«
»Ich nehme drei Exjemplare!«
»Wie, Sie wollen ihn nicht mal anprobieren?«
»Neeeeein, bliat! Drei!!!«
»Oh.. Sie sind ja ein ganz schneller!«
»Schnell, ja, schnell ich möchte auch sein! So wie Supermän.«
»Schnell, schnell... da hätte ich eine sehr exquisite Krawatte von Armani für Sie, also wenn die keine Dynamik ausstrahlt, dann...«
»Funfmal!«
»Fünf Stück!?«
»Daaaaaa!«
»Wie möchten Sie auf die Frauen wirken?«
»Gigantische Geschlecht! Brontosawrus in Unterhose, panimaisch?«
»Ich verstehe...« Der Verkäufer wischte einige Schweißperlen von seiner Stirn.
»Da empfehle ich die silberne Anstecknadel von Louis Vuitton für 499 Euro!«

»Zweimal. Weiter!!!«
»Jung, kräftig, kompetent?«
»Alles!«
»Das seidene Einstecktuch von Yves Saint Laurent für 249!?«
»Zehn Stück!«
»Möchten Sie großzügig und herzlich wirken?«
»Ja... jaaaa... Herz! Gut! Wie Pate.«
»Dann nehmen Sie auch gleich den silbernen Schuhlöffel! Ehrgeizig, volksnah, gebildet? Die Geldklammer von Boss, den Kugelschreiber von Montblanc und das Brillenetui von D&G!!! Ich möchte gerne lösen: Saugnapfhalterung. Ich nehme nicht den Mixer, das Brettspiel und das aufblasbare Planschbecken. Und für den Bertram nehme ich die elektrische Zahnbürste und das Magnetset (Kenner erinnern sich!)«
»Ja. Jaaaaa. Jaaaaaaaaaaaaaaa!!!«
»Ich gratuliere. Sie sind nun ein völlig neuer Mensch!«

Der neue Arkadasch verließ den Laden 20 Minuten später mit sechs riesigen dunkelblauen Tüten, einem Gewinnerlächeln auf den Lippen und mit 6.000 Euro weniger in der rechten Manteltasche. Den alten Arkadasch ließ er irgendwo zwischen Anprobe und Kasse einfach stehen. Das Gummiband hatte nicht mehr die gleiche Spannkraft wie eben noch.

Der Verkäufer schrieb seinem Lebensabschnittsgefährten mit zitternden Händen eine SMS:
»Hi Diego! Du glaaaaaubst nicht, was gerade passiert ist! Hab 800 Provision gemacht bei so ′nem russischen Vollidioten! Drück dich! Gestern Nacht war überwältigend! Mein

Anus vibriert immer noch ;-) Hdgdl.«

In Zeitlupe stolzierte Arkadasch über den Berliner Champs-Élysées, wissend, dass sein Leben im Begriff war, sich gravierend zu ändern. Er konnte es förmlich fühlen. All die bisher unerfüllten Träume des Kapitalismus sollten nun endlich wahr werden! Er streckte seine Hand nach einem Taxi aus, doch er hatte Probleme, seine Bewegungen mit den vielen Tüten in den Händen zu koordinieren. Dann sah er seine Rettung in Form dreier, überdimensionaler Buchstaben, die nur direkt vom Allmächtigen kommen konnten. Sie standen für absolute Mobilität und Fahrfreude. Nicht umsonst fuhren fast alle seiner Landsleute die mechanischen Penisverlängerungen der Bayerischen Motorenwerke.
Arkadasch musste einen haben. Seinen alten Audi wollte er ohnehin schon lange loswerden. 25 Minuten später war er um einen Leasingvertrag reicher und um eine Anzahlung von 8.000 Jewro ärmer.

Das Bündel in seiner Tasche wurde immer kleiner. Doch wer hoch hinaus wollte, musste bereit sein zu investieren. So war es schon auf dem Wochenmarkt von Baku früher gewesen, auf dem er mit seinen sechs Brüdern Eier und Teppiche verkauft hatte. Und so lief es auch hier im Westen. Globalisierung nannte man das, glaubte er.

Es war 14 Uhr. Arkadasch saß in einem Designerchefsessel im 6. Stock eines Bürogebäudes, in dem er 130 Quadratmeter angemietet hatte. An der gläsernen Tür seines Büros wurde gerade ein vergoldetes Schild angebracht.
Darauf stand:

Arkadasch Ponirowa

Global Transactions
New York - Berlin - Moskau - Baku

Sein Handy klingelte mit dem Klingelton »Vsyo budet harasho« (Alles wird gut) von Verka Serduchka auf höchster Lautstärke.
»Alljo?«
»Guten Tag, Werner mein Name. MediaGastro Berlin GmbH. Zu wann wollen Sie den Espressoautomat mit Multifilterfunktion und Aromakontrolle geliefert haben?«
»Schönen guten Tag, Müller. Happy IT-Systems. Wir haben hier vier Computer, zwei Kopierer und einen Server für Sie stehen.«
»Challo, eto Fedja! Danke für die Einladung cheute Abend im Amberd. Das mussen wir feiern... Ich bringe noch sieben Freunde mit, ja?«

Dann war das Telefon still. Und das blieb es auch. Nach all den Strapazen und Besorgungen der letzten Tage wurde Arkadasch zum ersten Mal bewusst, dass er nicht die geringste Ahnung davon hatte, was er hier eigentlich machte. Und noch viel weniger Ahnung davon, wie Business eigentlich funktionierte. Irgendwie musste doch etwas geschehen, etwas ins Rollen kommen. Der Ruhm, das Geld, die Macht... er hatte doch bis hierher alles richtig gemacht, oder!? Hätte er vielleicht bei Pizza Mista und Canneloni bleiben sollen? Ein schmerzender Zweifel kam in ihm auf.
Dieses Gefühl wich auch dann nicht ganz von ihm, als seine Freunde am Abend mit dem vierzehnten Glas Russkij Standard auf seine neue Existenz anstießen. Die Kellnerin

brachte im selben Moment die Rechnung von 1.530 Euro an den Tisch und Arkadasch hatte mit einem Mal das Bedürfnis, sich zu übergeben. Es lag nicht am Wodka. Er kippte für alle Fälle seinen fünfzehnten hinunter, schlug das winzige Glas auf den Tisch, wischte sich die Spirituosenreste von seiner Oberlippe, bezahlte und machte sich mit seinen Kumpanen auf zum Dessert ins Bordell Artemis. Schließlich besaß er noch etwas über 2.000 Euro und die wollten ausgegeben werden. Er hatte nicht den leisesten Schimmer davon, wie er sie jemals zurückzahlen wollte.

Zwischen zwei Lines feinstem Kokain, in einer jungen Polin namens Agneszka steckend, flüsterte er seinem besten Freund Mischa ins Ohr: »Geld geht wie Wasser cheute, bliat!«
Mischa fing laut und fast unheimlich an zu lachen, es sah fast so aus, als würde er sein eigenes Gesicht dabei auffressen wollen.
»Was ist Geld, Arkadasch!? Du bist jetzt Businessman!«
Arkadasch begann zu nicken. Erst sehr zaghaft, dann immer heftiger. Dann flüsterte er leise vor sich hin:
»Ich bin jetzt Businessmääään. Das gehört dazu. Ich bin jetzt Businessmäään. Und nicht Winnetou.«
Was er da brabbelte gefiel ihm. Er machte weiter:
»Ich bin jetzt Businessmäääänn. Was willst du von mir, du Pideras? Ich bin jetzt Businessmääään. Und das macht Spaaaaß!!!«
Meine Güte, dachte Arkadasch. Noch nie hatte er dieses Talent bei sich entdeckt. Vielleicht sollte er sich aus dem Global Transactions Business zurückziehen und ins Internationale Hip Hop Business einsteigen. Geld war damit

allemal zu holen. Und was diese Negergockel da im Fernsehen machten, das konnte er allemal. Zwei Backgroundsängerinnen könnte er organisieren: Olga, die 13jährige Nichte seiner Gattin und Rosanna, die autistische Geliebte seines Steuerberaters Vadim. Wie schwer konnte es schon sein, eine Hitsingle zu produzieren und Millionen zu scheffeln!? Auch nicht schwerer als normales Business zu machen!? Nicht schwerer als Eier und Teppiche an den Mann zu bringen... Globalisierung...

Noch immer steckte seine aserbaidschanische Liebeskeule in der glatt rasierten, nach billigem Rasierwasser duftenden Vulva der polnischen Prostituierten. Er bewegte sich heftig in ihr hin und her. Irgendwann erreichte er einen Punkt, wo sich alles um ihn herum zu drehen begann. Die Patrick-Hellmann-Anzüge, der BMW mit Sonderausstattung, das goldene Firmenschild, der Chefsessel mit Thermohydraulik, die Backgroundsängerinnen, seine Familie und sein gesamtes Leben, das nur auf Lügen und unerfüllbaren Maßstäben basierte. Er wurde langsamer. Sein Glied schrumpfte auf die Größe einer Mandel zusammen. Schließlich stand er regungslos hinter der Polin und begann zu schluchzen. Seine Erkenntnis: er war ein größenwahnsinniger, irrer, nichtsnutziger, impotenter Verlierer. Mehr nicht.

Als die junge Freudendame das Malheur bemerkte, drehte sie sich um und begann mit ihren slawischen Rosinenlippen seine verschrumpelte Lustschleuder zu liebkosen. Seinen Saftkolben zu verwöhnen. Seine Wünschelrute abzulecken. An seiner Anakonda zu lutschen. Ihm kräftig einen zu blasen. Als auch das keine Veränderung brachte, schaute sie ihn mitleidig an und sagte: »Das passiert jedem mal. Unsere Welt ist doch so grausam und hart. Du stehst bestimmt unter großem Druck! Was machst du beruflich?«

Arkadasch schaute an ihr vorbei auf die beleuchteten Wände des Freudenhauses, dann schweifte sein Blick hin zum Sessel auf dem neben seiner Hose ein jämmerliches, kleines Gummiband lag, das nichts mehr zum zusammenhalten hatte. Dieses Gummiband war er. Er antwortete kaum hörbar mit apathischer Stimme:
»Ich mache Business... Global Transactions. Aber ich werde bald Musikproduzent sein!«

In ihren Augen konnte Arkadasch erkennen, dass sie seinen Worten noch ein wenig mehr Glauben schenkte, als er selbst es tat.

MICHA, DER STRICHER.

190 ZEILEN HASS.*

*Diese Geschichte gibt es auch als Video:
www.berlinfuckingcity.com/micha

Micha! Du Stricher!!!
Du bist so peinlich. Ach, sei doch nicht so kleinlich!
Kleinlich? Oder peinlich? Oder weinerlich??
Du kleinlicher, peinlicher, weinerlicher...

Micha? Warum bist du eigentlich immer noch Stricher!?
Wo stehst du? Am Zoo? Direkt am Cityklo?
Da wo's stinkt? Man um Atem ringt?
Da wo nicht mal 'n Hund stehen würde...
ohne Ehre, ohne Würde?

Machst du das überhaupt noch für's Geld?
Oder weil's dir inzwischen richtig gefällt?
Du Anti-Held... Du braches Feld...
Du wirst noch nicht mal von Kötern angebellt.

Du peinlicher Schweinestricher, du!
Du Peinlicher... sei sicher, Micha,
wenn auch nur ein Stricher...
peinlicher ist als du, du Kleinlicher, sei sicher...
dann kicher ich, sicherlich... glaubst du nich?

Glaubs mal lieber

du Schenkelschieber, du Mösenbiber
du Müllerzieher, du Rechtsverdreher
du Rasenmäher, du Fernsehseher
du Kotausspäher, du Schnellvermehrer
du Sattelumdreher, du Wasserverschmäher
du Buszeitenauswendiglerner
du Preisschildentferner, du Johannes B. Kerner

du... bist so peinlich...
so kleinlich... so reinlich...
ach, so wein doch nicht....

Micha... gibt Schlimmeres als ´n Stricher...
zum Beispiel ´n Transenstricher...
oder ´n Jugendlicher.

Fickst du eigentlich... jeden Freier?
Oder kriegt nicht jeder deine Eier?
Darf dich auch ´n Penner poppen oder
musst du dit Gesindel stoppen?

Wie isses denn so nachts unter der Laterne...?
Stehst du da gerne? Magst du die Sterne?

Du bist so peinlich, Mann! So ´ne Trompete
Trinkst auf jeder Fete die Schnappsvoräte
bevor ich dir ins Arschloch trete
und dir ganz am Ende deine letzte Knete abtrete.

Du bist einfach ´n Spast.
Ob du richtig gehört hast!?
Hast du, du Spasst, du!
Du Spastiker, du Swastika
du Haschticker, du Arschficker

du Lustknabe, du Frustgabe
du musst aber ganz schön mutig sein
du Pimmelschwein, du Penispein
dein Schwanz ist so klein

dass mikroskopisch übertrieben ist
verbliebene Liebeslist
dass du gleich eines Hiebes bist und in
dein eigenes Essen pisst
das du anschliessend isst
nicht nur isst, sondern *frisst*!

Du bist:
ein Arsch ohne Ohren
ein Albino unter Mohren
im Sommer erfroren
ein Loser ohne Gleichen
der Softe unter den Weichen

der Ruhige unter den Stummen
der Blöde unter den Dummen
der Langsame unter den Lahmen
der Mittellose unter den Armen

der König aller Spasten

der Unbeliebte unter den Gehassten
der Knausrige unter den Pennern
der Planlose unter den Kennern

das letzte Element
das morsche Holz, wenn's brennt
der Planet der Affen
das Feuerzeug unter den Waffen

der Verlierer der Wende
der Frisör ohne Hände
der Penis ohne Eichel
der Spucker ohne Speichel

Spinner unter den Spackos
der Sack unter den Sakkos
der staumbaumlose Vagabund
der Anus von einem arschgefickten Hund

die Gebärmutter einer Katze
das Topmodel mit Glatze
mit deiner spastischen Fratze
kriegst du keine auf deine Matratze
nicht mal ne Katze...

du unsagbares Opfer
du albanischer Teppichklopfer
du g'ttloser Misantrop
du guckst doch jede Soap...
du Schwitzer, du Spritzer
du Fixer, du Wixer

du fette Nudel,
du falsches Gedudel

du unedler Tropfen
dein Maul müsste man dir stopfen
du Nichts, du Witz, du Atom, du Luft,
du nach totem Esel riechender Duft

du Sperma, du Schwärmer
nur Franjo Pooth ist ärmer
du Trottel, du Dreck
du Saftsack, du Keck

Ich will und kann dich nicht mehr sehen
sonst fangen meine Nieren an zu tränen

du machst mich krank
du stiehlst mir Lebensqualität
stehst du an der Haltestelle
kommt der Bus zu spät

du hässlicher Vogel, du unnützes Vieh
du Pisse, du Kacke, du schlechtes Alibi

du Hure, du Miststück
du Flasche ohne Pfand
du fickst schon seit Jahren jede Nacht deine Hand

Wußtest du, dass Mama auch manchmal weint wegen dir?
Du kleene Fotze, du blutendes Tier?

Du widerst mich an
Du bist kein Mann
Höchstens ´n Männchen, das pissen kann

Mehr nicht. Dein Gesicht
ist ein erfolgloses Experiment
Als hätt ´n Pferd mit ´nem Hamster gepennt
Und rausgekommen... bist du, du Bastardo...
du hässlicher Zwilling von Greta Garbo
Du Nachgeburt. Du Horst, du Heini
Du bist sogar noch hässlicher als Schweini

Du Herrscher des Pöbels
du Mann ohne Frau
du Billy Regal
du Tunte, du Sau

Hör auf zu atmen, bitte verrecke
du maul- und klauenseucheninfizierte Zecke
du darfst nicht atmen
du darfst nicht sein
für Zombies wie dich gibts nie Sonnenschein

du Arschloch, du Fotze
du erbrochene Kotze
Mein Hass auf dich ist groß wie Aldi
deine Jahreszeiten sind nicht die von Vivaldi
deine Haut ist noch hässlicher als Picaldi
mach endlich ´ne Gesichts-OP... ich zahl sie!
Micha, du Stricher!
Du bist echt peinlich

Augescheinlich peinlich
Wahrscheinlich bist du auch noch richtig kleinlich...

Ich verspeihe dich!!
Ich entweihe dich!!
Ich schlag dich entzwei!!
Ich mach dich zu Brei!!!
Ich knacke dein Ei!!
Und alle sind LIVE DABEI!!!!!!!!!!!!!!

Schrei nich!
Kommt echt Peinlich.

1000 JAHRE GARANTIE.

Deutschland. 1938. Seit fünf Jahren ist der Führer bereits an der Macht. Rundfunk und Fernsehen haben seine Konsorten und er bereits für ihre Zwecke verwendet. Langsam beginnt die Lage im eigenen Lande brenzlig zu werden. Der vierteljährliche PR-Bericht der NSDAP weist Verluste im nationalen Standing auf. Für den bevorstehenden Krieg ist es von entscheidender Wichtigkeit, dass die Bevölkerung uneingeschränkte Loyalität für »die Sache« besitzt. Es ist Zeit für neue Mittel und Wege. Der Führer beruft eine geheime Zusammenkunft der tüchtigsten arischen Reklamefunktionäre und Kreativen ein. Sie treffen sich auf dem Anwesen des Reichsreklameministers Siegfried Scholz am Lietzensee. Das Treffen bekommt den Geheimnamen: Scholz&Freunde.

»Liebe Frrreunde!«, eröffnet ein unausgeschlafener Führer mit einer Tasse Sternenbäcker Kaffee (daraus sollte Jahre später über Umwege, auf die ich aus rechtlichen Gründen hier nicht eingehen darf, die Coffeeshopkette Starbucks werden) in der Hand die Konferenz,
»Das Deutsche Rrrreich benötigt ihre qualifizierrrrte Hilfe... für eine Mobilisierrrung der Bevölkerrrrung... wir müssen nun... ALLE Ressourrrrcen für die anstehende Schlacht

gegen die niederrrren Staaten bündeln... sodass... das 100-jährige Rrrreich... geschaffen werrrrden kann...«
Propagandaminister Goebbels unterbricht ihn:
»Herr Führer... wir hatten neulich darüber gesprochen... nicht so klein denken... Tausend... Tausendjähriges Reich... Sie erinnern sich!?«
»Ach ja... damit das TAUSENDjährrrrige Rrrreich entstehen kann.«
»Viel besser!«, flüstert Goebbels fast väterlich in seine Richtung.
Der Führer bedankt sich mit einem respektvollen Niederschlag der Augenlider und einem konstanten, aber unbemerkten Furz.

Unter den Teilnehmern des Reichswerbekongresses entsteht eine euphorische Stimmung. Endlich wird ihnen die Gelegenheit gegeben, wirklich Neues auszuprobieren. Viele haben die letzten Jahre damit zugebracht, sich lächerliche Zweizeiler für volksdeutsche Agrarprodukte einfallen zu lassen, etwa: »Wer den Endsieg kommen weiß, ernährt sich stets von deutschem Mais!«, oder: »Herrscht mal Hunger im Lebensraum, Thüringer Tomaten sind des Ariers Traum!« Nun werden sie mal richtig gefordert. Ihre Worte und Ideen können etwas bewegen.

Sie brüten tagelang über neuen Wegen, die Ideologien des Führers, den sie von nun an untereinander nur noch »Kreativdirektor« nennen, zu verbreiten. Am Ende werden dem Führer sämtliche Ergebnisse in einer so genannten Macht-Punkt-Präsentation vorgestellt.

Die versammelte Scholz&Freunde Truppe sitzt an einem überdimensionalen Teakholztisch und erwartet mit Spannung seine Reaktionen. Es gibt Bier und Brezeln. Alfons Josefs, der seinerzeit bereits das NSDAP-Logo und das gesamte Corporate Design des Führers entwickelt hatte, steht an einem Flipchart und beginnt nun mit der Auswertung der Ideen. Sie sind mannigfaltig und innovativ. Die gebündelte Kreativität der deutschen Werbeindustrie.

»Nun, was haben die Herrrrrschaften sich für mich ausgedacht?« fragt ein überraschend entspannter Führer in die Runde.
»Einiges, mein Führer, einiges! Sie werden staunen!«

Zunächst stellt Josefs einige ausgeklügelte Merchandise-Ideen vor. Die Führer-Actionfigur, wahlweise mit Maschinengewehr, Jagdhund, Bibel oder Hakenkreuzflagge als Zubehör. Hinten am Rücken soll ein kleiner Hebel angebracht werden, bei dessen Betätigung der rechte Arm der Figur in die Höhe schnellt.
Außerdem ein Schlüsselband, das man leger um den Hals tragen kann. Darauf soll der Spruch: »Hitler öffnet dir jede Tür!« gedruckt sein. Eine andere Idee ist die Verbreitung eines Brettspiels namens »Jude, ärgere dich!«, bei dem der Name Programm ist und Spaß und Spannung für die gesamte deutsche Großfamilie garantiert sind.

Der Führer ist angeregt, aber noch nicht begeistert:
»Ist das alles was die Herrrrn Kreativen mir anzubieten haben?«

Ein Zucken geht durch die Mannschaft.
Man darf den Führer keinesfalls enttäuschen.
Es ist nun Zeit für die härteren Geschütze. Von einem Wohngebiet in Hakenkreuzform ist die Rede, das man vom Weltall aus sehen könne. Auch von einer wöchentlichen Radio-Kochsendung mit dem Führer als Moderator wird gesprochen. Arbeitstitel: »Mein Dampf«.
Nächste Idee: Wie wäre es zum Beispiel mit der Erschaffung mehrerer Vergnügungsparks mit nationalsozialistischen Elementen? Arische Achterbahn, Wehrmacht-Wellenbad, Dolchstoß-Diskothek und eine Geisterbahn mit kommunistischen Akteuren als angsteinflößenden Gestalten.

Der Führer ist nicht abgeneigt, winkt aber dennoch ab:
»Mit dem Bau... ganz ähnlicher... Anlagen... habe ich bereits begonnen, meine Herrschaften!«
»Wirklich, mein Führer?« ächzt Josefs.
»Das war uns natürlich nicht bewusst! Wo denn?«
»Sie sind ein wenig... versteckt... man muss sich sehr konzentrrrrieren, um sie zu finden. Daher auch der Name... Konzentrationslagerrrrr.«

Nach einigen Stunden werden viele der Ideen verworfen. Doch eine beträchtliche Anzahl von Werbemitteln gibt der Führer in Auftrag.
»Vor allem die Wurstscheiben mit meinem Gesicht darauf und der Volkswagen mit Doppelvergaser gefallen mir sehr!«, schliesst er die Reichsreklamekonferenz, schlägt seine Hacken zusammen und verabschiedet sich mit einem strammen, fast dankbaren Hitlergruß.

Die Reklameexperten sind recht zufrieden mit diesem Urteil und machen sich sofort daran, die Strategien umzusetzen. Schon in den folgenden Wochen werden die ersten Veränderungen sichtbar.

In der ersten Phase sollen Meinungen aus der Bevölkerung für die bevorstehenden Werbeaktionen eingeholt werden. Einzig dafür wird ein Callcenter bzw. Volks-Kontakt-Zentrum mit nicht weniger als 200 ultramodernen Fernsprechern eingerichtet. Von hier aus werden willkürlich Bürger angerufen.

»Guten Tag und Heil Hitler, mein Name ist Jürgens. Ich rufe Sie an im Namen der Reichsmeinungsumfrage. Hätten Sie ein paar Minuten Zeit, um mir einige Fragen zu beantworten?«
»Nun... eigentlich wollte ich gerade mit meinem Hund Gassi gehen und...«
»Lassen Sie es mich bitte anders formulieren: Ich bin mir sicher... Sie haben ein wenig Zeit, um dem Führer zu helfen! Liege ich da richtig?«
»Oh, natürlich, verzeihen Sie... Sie können natürlich mit meiner vollsten Unterstützung rechnen!«
»Sehr schön. Kommen wir zur ersten Frage. Wie schätzen Sie die Vorgehensweise des Führers hinsichtlich der Rassensäuberung ein? Sehr überzeugend, eher überzeugend, weniger überzeugend, überhaupt nicht überzeugend?«
»Soll ich ehrlich sein?«
»Aber selbstverständlich! Schliesslich ist Ehrlichkeit eine arische Tugend.«
»Also, in der letzten Zeit ist es schon ein wenig extrem geworden. Ich meine, sie haben neulich den Friseur Sidlowsky

abgeholt. Der hatte mal einen Schwager, dessen Schachpartner einen jüdisch klingenden Mittelnamen hatte. Das geht doch ein kleines bisschen zu weit. Ich würde sagen: weniger überzeugend.«

»Sie meinen also *sehr* überzeugend? Ist das korrekt?«

»Ähh... eigentlich meinte ich... ach so... ja, natürlich... sehr überzeugend. Und überhaupt, wer einen jüdischen Mittelnamen hat ist... höchstens selber schuld! Heil Hitler.«

»Sehr schön. Das machen Sie gut. Kommen wir nun zur zweiten Frage. Wahrscheinlich haben Sie bemerkt, dass die Gestapo neue Uniformen hat. Wie wirken diese auf Sie persönlich?«

»Ich... also eigentlich... wird dieses Gespräch abgehört?«

»Nein, nein, machen Sie sich keine Sorgen, alles, was Sie sagen, behandeln wir streng vertraulich! Es dient lediglich Forschungszwecken.«

»In Ordnung. Nun, die Herrschaften von der Gestapo wirken in meinen Augen in letzter Zeit sehr gereizt... und auch ein bisschen angsteinflößend. Neulich haben sie doch glatt den Herrn Hohenfels angepöbelt, weil er angeblich volksverhetzende Motive in den Schnee gepinkelt hat. Und... na ja... ich finde diese düsteren Uniformen verstärken diesen Eindruck nur noch.«

»Sind Sie sich sicher?«

»Ja, so nehme ich sie war. Angsteinflößend.«

»Ich gebe das so ein, wie Sie es gesagt haben. Ich wiederhole wortwörtlich: die neuen Uniformen der Gestapo wirken auf mich äußerst beruhigend und friedlich. Ich bin sehr froh darüber, dass diese feinen und höflichen Herren das Deutsche Reich sichern!«

»Meine Güte... wozu rufen Sie mich überhaupt an, wenn Sie

sowieso nur das hören, was Sie hören wollen?«
»Verzeihung?«
»Na, warum schreiben Sie nicht einfach das auf, was Sie haben möchten?«
»Erstens verbiete ich mir Ihren Ton. Zweitens leisten meine Kollegen und ich hier vom Reichsmeinungsforschungsinstitut schwere Arbeit für das Gelingen des Endsieges. Name!«
»Mein Name...?«
»Ihren Namen bitte!«
»Aber wieso, ich dachte, das wäre hier alles vertraulich?«
»Ihren Namen möchte ich wissen, g'ttverdammt noch mal!«
»Sch... Schillermann... Jonathan Schillermann.«
»Herr Schillermann, hiermit werden sie aufgefordert, sich morgen früh um 7 Uhr 55 am Bahnhof Grunewald zu melden.«
»Aber wieso das denn?«
»Sie werden... eingeladen... zum kostenlosen Besuch eines brandneuen Vergnügungsparks in Ausch... in Augsburg. Ich gratuliere. Diese Ehre wird nicht vielen zu Teil.«
»Oh, das ist ja nett von Ihnen. Vielen Dank.«
»Danken Sie nicht mir, sondern dem Führer. Heil Hitler.«
»Heil Hitler.«

Irgendwo in seinen Privatgemächern sitzt ein irritierter Führer an seinem Schreibtisch und beäugt Konstruktionspläne für seine Actionfigur.
»Goebbels, kommen Sie mal herrr!«
»Jawohl, mein Führer!«
»Seit Tagen nun beschäftigt mich eine einzige, nervenaufrrrreibende Frage... Was meint er? Soll die Figurrrr mit einem Jagdhund oder mit einem Maschinengewehrrr verkauft

werrrden?«

»Warum nicht beides, mein Führer!?«

»Nein, das geht nicht, Goebbels, der Platz in der berrrreits gestalteten Verrrpackung rrreicht nur für ein Zubehörrrteil aus!«

»Dann machen Sie doch einfach die Packung größer, Herr Hitler. Wir hatten doch darüber geredet. Nicht so klein denken. Die Welt wird bald Ihnen gehören!«

»Errr hat natürlich Rrrrecht. Rrrrecht hat er. So soll es sein. Und bitte bestellen Sie dem Herrn Graaafiker, er soll etwas hinzufügen auf die Verpackung, der Herr Grrraaaafikerrrr.«

»Was denn, mein Führer?«

»Tausend Jahre Garantie!«

EINE ART KOBOLD.*

*Diese Geschichte gibt es auch als Video:
www.berlinfuckingcity.com/kobold

Jedes Jahr an Halloween wird ein uraltes Kindheitstrauma in mir aufs Neue geweckt. Es passierte, als ich acht oder neun war. Das erste Halloween, an das ich mich erinnern kann. Und ich meine nicht das Pseudo-Halloween, das heuer in deutschen Landen gefeiert wird, seit dem kluge, amerikanische Schokoladenlinsenhersteller und die Innung der Kürbisproduzenten dieses Fest auch in Germanien etabliert haben. Ich meine das echte Halloween, das ich Dank meiner Zugehörigkeit zu einer amerikanischen Grundschule in Berlin miterleben durfte... musste, wie sich herausstellen sollte.

Die Eltern der Zweitklässler wurden im Vorfeld darüber informiert, dass ihre Kinder an jenem Oktobertag kostümiert in der Schule erscheinen sollten. Es gab hinsichtlich dessen einige Konfusion in meiner Familie. Meine Eltern verstanden zunächst nicht, warum mitten im Herbst ein zweites Mal Fasching gefeiert wurde (in unserem Fall war es sogar das dritte Mal, inklusive Purim) und zweifelten bereits an der moralischen Rechtmäßigkeit der Unterbringung ihres Sohnes in dieser ominösen Einrichtung. Schnell entstanden

Assoziationen mit Waldorffschule und Scientology. Doch als ich meine Mutter und meinen Vater darüber aufklärte, dass es sich dabei lediglich um eine amerikanische Variante des herkömmlichen Faschingsfestes handelte, schwang ihre Besorgnis um in Freude über die internationale Ausrichtung meines akademischen Umfeldes.

»Okay«, sagte mein Vater, »verkleiden wir den Jungen eben noch mal! Als was willst du denn an Mallokin gehen?«
»Hal-lo-ween, Papa«, antwortete ich kleinlaut, »und ich hatte mir vorgestellt: Rabe... nein... Killerfalke!«
»Kakoi Falke, bliat ?« riefen meine Eltern simultan.
»Hör zu... wir können nicht dreimal im Jahr Geld für irgendwelche ausgefallenen Kostüme ausgeben (Falke?). Mama wird dir selbst etwas schneidern und das bist du dann... vsjo! Ende der Diskussion!«

Mit diesem Urteil nahm der Schrecken seinen Lauf. Jegliche Versuche, meiner Mutter vor der Fertigstellung des Kostüms zu entlocken, um was für ein Outfit es sich handelte, schlugen fehl. Ich hoffte auf Spektakuläres... ahnte aber Schreckliches.

Am Morgen von Halloween erfolgte die mit Spannung erwartete Übergabe des selbst gemachten Kostüms. Ich kann mich noch genau daran erinnern, wie meine Mutter mir in unserer Küche voller Stolz ein zusammengefaltetes, blau-weiß kariertes Laken mit den Worten überreichte: »Hier ist dein Kostüm!«
Sollte das ein Witz sein? Was sollte ich mit diesem ausrangierten Bettüberzieher?

»Willst du es nicht mal anziehen?«, lachte meine Mutter.

In diesem Moment begriff ich zum ersten Mal in meinem Leben, dass meine Eltern keine Amerikaner waren, sondern liebenswürdige, aber osteuropäische Menschen.
Ich zog es an. In dem blau-weiß karierten Laken waren Öffnungen für Arme, Beine und Kopf gemacht worden. Der Kissenbezug war zu einem dreieckigen Segelhut (anders lässt es sich nicht beschreiben) deformiert worden. Nun stand ich vor dem Spiegel in unserem Flur. Vor mir spiegelte sich das Bild eines fremden Gleichaltrigen, der ein seltsames Gewand am Leib trug, das an eine Tischdecke beim Stammgriechen erinnerte, und eine dazu passende Kopfbedeckung. In heutigen Worten: ein absolut einwandfreies Opfer!

Nihilistisch betrachtete ich mich im Spiegel, nur um kurz darauf meiner Mutter eine Frage zu stellen, die ich noch tausendmal in meinem Leben stellen sollte - an meine Mutter, meinen Vater, mein Leben, meinen Psychiater und vor allem an mich selbst:

»Was bin ich?«

»Na ein...«
Irgendwie sah sie nicht so aus, als hätte sie sich auch nur einen einzigen Gedanken darüber gemacht, was genau sie da die letzten Tage zusammengeschneidert hatte.
»Na ein... Karlik!«
»Was ist das?«, fragte ich ungläubig.
»...eine Art Kobold!«, sagte meine Mutter.

Alternativen hatte ich nicht. Ich hatte Angst, die Gefühle meiner Mutter zu verletzen, nachdem sie viele Stunden Arbeit in dieses liebevoll gemeinte, aber abgrundtief lächerliche Kostüm gesteckt hatte. Außerdem war es sowieso unmöglich, auf die Schnelle ein neues Kostüm zu bekommen. Und besser als bei meinem ersten Halloween als »Ich« zu gehen war es allemal. Erst viel später würde ich die Vorzüge dieser Idee erkennen, das heißt, mich überhaupt nicht zu verkleiden und den Leuten, die mich fragen würden, was ich sei, eine ironische Bemerkung zu liefern wie »Superhirn«, »Meister aller Klassen« oder »G'tt«. Die kreative Interpretation als Verkleidung. Eine einzige Hoffnung blieb in meiner kindlichen Seele... vielleicht würden auch die Eltern von anderen Kindern in meiner Klasse dieses Fest nicht verstanden haben und ihre Sprösslinge in ähnlich undefinierbaren Outfits zur Schule schicken.

Schon auf dem Weg zum Schulbus nagten die Blicke von Passanten an meinem präpubertären Ego. Kann man es ihnen im Nachhinein verdenken? Ich sah aus wie eine Tischdecke auf Wanderschaft. Wie Bett-Man, ein Superheld, der in frühester Kindheit eine atomverändernde Liaison mit einem Laken eingegangen war und seitdem die Matratzenstruktur seiner Kontrahenten manipulieren kann.

Hinzu kam, dass es wie gesagt ein ganz normaler Oktobertag war und das damals, 1986, als noch niemand in Deutschland davon wusste, dass es einen amerikanischen Fasching gab mit dem Namen Halloween. Die Menschen schauten mich mitleidig an, als wäre ich ein Kind, dessen Eltern kein Geld für anständige Kleidung besaßen.

Im Schulbus sah ich einige meiner Mitschüler. Sie hatten alle, G'tt weiß wieso, »ordentliche« Kostüme an. Ich meine solche, wo man das Kostüm einem real existierenden Vorbild aus Film/Fernsehen oder Legende zuordnen kann. Und zwar eindeutig. Ich hatte zwei Freunde in unserem Schulbus. Mein einer Freund Tony war ein Gespenst (dass *uns* das nicht eingefallen war!), und mein anderer Freund Sascha war Cowboy.

»Haha, Cowboy«, lachte ich ihn aus (welch Anmaßung!), »das ist doch nicht Fasching, wo man als *irgendwas* geht. Das ist Hal-lo-wee-heen... man muss sich als ein Vertreter der Unterwelt, als etwas Grauenhaftes verkleiden... Cowboy...«

»Na, besser Cowboy als... was bist *du* überhaupt?«

Ich schaute traurig zu Boden und murmelte:

»K... Karlik«.

»Waaaas?«

»So eine Art Ko... Kobold...«

Meine Demütigung sollte noch ins Unermessliche wachsen an diesem Tag. Abgesehen davon, dass die Eltern der »deutschen« Kinder alle ausnahmslos das Konzept von Halloween verstanden hatten und ihre ABC-Schützen dementsprechend eingekleidet hatten (außer denen von Sascha und meinen), waren die amerikanischen Kinder vermummt durch Premiumverkleidungen der Extraklasse. Sie trugen ausnahmslos alle von der Spielzeugindustrie hergestellte Güter bestehend aus filigran geformten Gummimasken, die auf eine durch dilettantisches Schminken und Trimmen des Kindergesichts angepeilte Scheinähnlichkeit vollends verzichteten. Diese Maskierungen verzauberten die kleinen Menschen kompromisslos und mit unantastbarer Eindeutigkeit in Kopien der imitierten Figuren. Dazu wurden Ganzkörperanzüge getragen, die dasselbe taten. Außerdem handelte es sich um Vorbilder, die fest in der US-amerikanischen Unterhaltungskultur verankert und uns »deutschen« Kindern gänzlich unbekannt waren. Charaktere wie Iceman, Silver Surfer, the Green Lantern, Spiderman, der Anfang der 80er noch ein absoluter Exot für europäische Kinder war, Larry Bird, der Pate, usw. Zusammenfassend: richtig coole Kostüme. Dem höchstmöglichen Coolnessfaktor im Deutschland der frühen 80er um Lichtjahre voraus!

Da stand ich also... ich, der verwirrte, russische Möchtegernkobold mit Bettwäschen-Anzug und Kissenbezug-Mütze, der Lada unter den Halloweenoutfits, der Superheld des kleinen Mannes, ein Karlik, eine Witzfigur, ein Niemand - neben modernen Popikonen und Kinderidolen.
Getoppt wurde dieser Moment der Demütigung nur durch ein weiteres Ereignis, dass sich ganz zufällig ebenfalls an einem Halloween, einige Jahre später, zutragen sollte.

Durch Connections zu einem Kind, dessen Eltern beim US-Militär waren und somit Zugang zur sagenumwobenen PX hatten, dem Einkaufszentrum der in Berlin stationierten Alliertenfamilien, konnte ich kurz vor Halloween eine dieser eben angesprochenen Hochglanzmasken ergattern.
Es war die von Batman. Richtig: Batman... ein offizieller Held. Vorbei die Tage, in denen ich als sowjetischer Waldtroll vermummt war. Es waren neue Zeiten und man musste darauf reagieren. Nur wenige Monate zuvor war die Mauer gefallen und Berlin befand sich im Ausnahmezustand. Nicht

nur unser Westberliner Käfig war weg, auch die kulturellen Grenzen zwischen Ost und West verschwanden allmählich. Beste Vorraussetzungen für ein Kind russischer Eltern in Little America in Berlin, Germany.

Nun hatte ich nur ein kleines Problem. Ich besaß zwar die Batmanmaske, aber kein Batmankostüm. Ich beschloss kurzerhand, es selbst anzufertigen. Zum Glück war ich inzwischen ein paar Jahre älter, mein Tun und Handeln war längst nicht mehr von der Willkür meiner Eltern abhängig.

Während einsamer und zeitfressender Stunden des Heimhandwerks versuchte ich, Batman Zentimeter für Zentimeter zu rekonstruieren. Natürlich hatte ich nicht die hochwertigen Materialien der Filmindustrie zur Hand, aber mit ein paar Tricks und infantilem Größenwahn gelang es mir, zumindest einen angebrachten Rahmen für die perfekte Maske herzustellen. Als Vorlage diente mir die nur allzu vertraute Superheld-Version aus der gleichnamigen 60er-Jahre-TV-Serie (Bang, Zooonk, Pifff). Dort trug Batman eine hautenge, graue Ganzkörperstrumpfhose, darüber einen kurze blaue Shorts, den obligatorischen Batgurt, lange glänzende Stiefel, einen dunkelblauen Umhang und natürlich das weltberühmte Batsymbol auf der Brust. Ich dagegen trug einen stinknormalen grauen Jogginganzug, herkömmliche Sportschuhe und ein blaues Laken an einer Sicherheitsnadel um den Hals befestigt (wie man sieht, wurde ich diesen Teil nie ganz los). Auf der Brust trug ich ein selbst gezeichnetes Fledermauszeichen und auf dem Kopf die sagenumwobene Originalmaske, die keinen Zweifel darüber aufkommen ließ, wen ich darstellte, so provisorisch und erbärmlich der Rest

meines Outfits auch sein mochte.
Als ich so an Halloween in der Schule ankam, fühlte ich mich schon wesentlich sicherer als noch beim allerersten Mal. Ich war nun wer. Und nicht irgendwer. Ich repräsentierte einen der coolsten Helden unserer Generation.

Auch dieses Jahr zogen wieder Wagenladungen amerikanischer Kinder mit ihren detailgetreuen Originalkostümen in puncto Coolness an mir vorbei, doch ich konnte damit leben.

Bis das eintrat, was mir für alle Ewigkeit ein Halloweentrauma injizieren sollte. Und zwar tief ins Herz.
Da, wo es richtig weh tut.

Als ich gerade durch die Gänge schlenderte, umgeben von Geistern, Monstern, Superhelden und anderen zwielichtigen Wesen, kam ein Mädchen aus meiner Klasse auf mich zu. Doppelt tragisch in jener Situation war, dass ich ein bisschen in sie verliebt war. Ich stolzierte also stolz und selbstbewusst wie ein maskierter Gockel in der Brunstzeit vor ihr her und ließ sie mein Kostüm bewundern.
Sie musterte mich von oben bis unten. Sie sah nicht so aus, als würde sie mein Aufzug besonders beeindrucken. Sie betrachtete mich eher wie einen Aussätzigen. Was war los? Was stimmte diesmal wieder nicht? Ich sollte schnell belehrt werden.

Sie fragte mich einen der folgenschwersten und entmannendsten Sätze meines bisherigen Lebens.
Bis heute.

»Warum trägst du deine Unterhosen eigentlich *über* deiner normalen Hose?«

Ich schaute an meinem pubertierenden Körper hinunter. Da wurde mir bewusst, was sie meinte. Naheliegenderweise hatte ich über die Jogginghose eine Unterhose gezogen. So tat es doch auch Batman. Ja, so tat es auch Batman. Aber Batman trug eben keine verwaschene, blaue Frotté-Kinderunterhose mit gestreiftem Bündchen und Urinierschlitz über einer ausrangierten Schlabberhose. Mir war schlecht. Ich konnte ihr nicht antworten. Jeder Versuch einer Ehrenrettung hätte mich nur noch tiefer in ihrer Gunst sinken lassen. Schliesslich brachte ich irgendwie noch ein »Aber, ich bin doch Batman...« heraus.
Alyson, so hieß die junge Dame, setzte ein mitleidiges Lächeln auf, das alles sagte.

In diesem Moment fühlte ich mich nicht mehr wie der schillernde Superheld, sondern wieder so wie Karlik, dieser undefinierbare, ungefährliche, bemitleidenswerte, sowjetische Kräutertroll mit Segelmütze und Bettwäscheanzug.

Ich war eben immer noch nur so eine Art Kobold. Mehr nicht.

Seitdem hasse ich Halloween.

DER PANADEN-MANTEL.*

*Diese Geschichte gibt es auch als Video:
www.berlinfuckingcity.com/panadenmantel

»Herr Doktor... ich bin müde!«
»Ja, das sind wir alle.«
»Nein, ich meine, wirklich müde...«
»Sie dürfen nicht aufgeben... jeder Tag birgt neue Möglichkeiten.«
»Nein, nein, ich habe einfach sehr wenig geschlafen letzte Nacht, wissen Sie...«
»Ach so...«
»Und, Ihre Couch ist so gemütlich, da könnte ich glatt...«
»Ja, diese Couch, die ist noch von meinem Großonkel, der hat sie damals aus... hören Sie...«
»Zzzzzzzzz...«
»Hören Sie?«
»Was? Ich hab nichts geklaut! Hilfe, ich...«
»Ruhig, ruhig... ist ja gut.«
»Wo bin ich?«
»Sie sind bei Ihrer Therapie... keine Angst... wir haben noch 10 Minuten, dann sind wir beide frei.«
»Schön, dass Sie das sagen...«
»Natürlich. Erzählen Sie mir von Ihrem Traum.«

»Welcher Traum?«

»Na, der Traum. Deswegen sind Sie doch hier, wissen Sie noch? Hallo?«

»Zzzzzzz...«

»Hallo!«

»Wieso? Norbert kann wirklich fliegen...«

»Sie sind wieder eingeschlafen...«

»Ja, tschuldigung... ich bin einfach so müde...«

»Kein Problem... und nun erzählen Sie mir Ihren Traum!«

»Ach ja... ich... habe geträumt, ich hätte einen Mantel.«

»Einen Mantel, aha?«

»Kein gewöhnlicher Mantel... eher ein Umhang, eine Rüstung.«

»So so...«

»Waren Sie schon mal bei Kentucky Fried Chicken?«

»Ja, das ein oder andere Mal...«

»Kennen Sie diese Hühnchenteile dort, die mit der knusprigen, fettigen, würzigen Panade?«

»Ich denke schon!«

»Sehen Sie, genau aus dieser Panade war der Mantel gemacht.«

»Ein Hähnchenmantel?«

»Ja ja, ... ich lief damit durch die Stadt. Darunter war ich vollkommen nackt... der Mantel wärmte mich und gab mir ein sicheres Gefühl irgendwie.«

»Ihr Knuspermäntelchen...«

»Schon, ja...«

»Und was geschah dann?«

»Ja, ich lief und lief... und bekam auf einmal großen Hunger, wissen Sie!«

»Und dann..?«

»Und ich suchte überall nach etwas zum essen... der Hunger wurde immer größer... so, als hätte ich schon Tage nichts mehr gegessen... ich wollte mir etwas kaufen, aber ich hatte kein Geld... der Panadenmantel hatte nämlich keine Taschen...«

»Manteltaschen, so, so...«

»Ja, und dann habe ich Leute um Nahrung angebettelt, doch sie gaben mir nichts... ich habe sogar in Mülltonnen rumgewühlt, aber da war nichts... ich dachte, ich verhungere...«

»In ihrem Mantel...«

»Ja und dann fiel mir ein, dass ich ja den Mantel essen könnte, wissen Sie, die Panade, die schmeckt ja auch unheimlich gut... so amerikanisch und köstlich...«

»Durchaus, durchaus... und... haben Sie?«

»Ja ja, das war das Problem... ich fing damit an, an meinem eigenen Kragen zu knabbern, zu knuspern, zu schlemmen... und es stillte meinen Hunger fürs Erste, aber...«

»Der Fleischanorak?«

»Genau, aber dann fiel mir ein, dass, je mehr ich vom Mantel äße, desto kleiner würde er werden und mich immer mehr entblößen, sodass ich zwar satt aber... nackt wäre.«

»Interessant, interessant, fahren Sie fort.«

»Ich habe also weitergegessen... und irgendwann war fast der ganze Mantel weg. In meinem Magen...«

»Na, das ist ja vielleicht vermantelt!!«

»Richtig, und... ja, am Ende war dann nur noch mein... Teil da unten eingehüllt von einer dicken, triefenden Hühnerpanade.«

»Ein Gliedpelz?«

»Ja, Kentucky Fried Penis, Panadenpimmel, Hühnchenständer... Pipisakko...«

»Aha, aha... und was war dann?«
»Dann bin ich aufgewacht.«
»Und? Wie haben Sie sich gefühlt?«
»Traurig...«
»Traurig, traurig, schon, schon...«
»Weil ja mein schöner Mantel weg war.«
»Sicher, der Mantel. Der Panadenmantel.«
»Richtig... und jetzt frage ich mich, wo ich so einen herbekomme...«
»Jetzt, hier, im richtigen Leben?«
»Korrekt.«
»Na, haben's denn schon bei eBay geschaut?«
»Ja, aber da gibt es nur essbare Unterhosen und Gummihühner...«
»Schlecht, denkbar schlecht.«
»Total. Haben Sie denn vielleicht eine Idee?«
»Ich??? Eine Idee???«
»Ja...«
»Nein, nein...«
»Was hat dieser Traum zu bedeuten?«
»Ich fürchte, unsere Zeit ist um... wir können ja nächste Woche an dieser Stelle weitermachen. Vielleicht kommen Sie ja dann schon mit Ihrem neuen Mantel...«
»Ja, aber was soll das alles in meinem Kopf? Der Mantel, die Panade, die Suche, der Hunger?«
»Ihr Traum ist ein Symbol für eine tief liegende psychotische Störung bei Ihnen.«
»Waaaaaaaaaas? Ich? Gestört?«
»Na, nun bleiben Sie mal ganz ruhig.«
»Okay.«
»Schauen wir mal.... ja... Ach Ingrid, die Jacke bitte!«

POCKEN AM BUSFENSTER.

Ich sitze im Bus und möchte mir meine Stadt mal als ganz normaler Tourist angucken. Mich einfach mal faszinieren lassen von den Orten, die ich schon so lange zu kennen meine. Doch als der Bus über den Ku'damm fährt und ich meinen Kopf zur Seite neige, um sie einzufangen, die vielen schönen Eindrücke... bin ich enttäuscht.

Der Grund: Pocken. Pocken am Busfenster. Viele Pocken. Schwarze Pocken. Als wäre man in einem Comicbild von Roy Lichtenstein gefangen, auf dem ein verwirrter junger Mann an einem Busfenster sitzt und seinem Mund entspringt eine gezackte Sprechblase. Darin der Ausruf: »Oh no, Pearl! Our reality is confronted with black dots! Run!«

Ob den Leuten von der BVG, also jetzt nicht den Busfahrern, aber den Entscheidern da oben, bewusst ist, wie sehr die Außenwerbung da draußen am Bus die Sicht von innen beeinträchtigt? Ist nicht ein Bus ein Ort der Besinnung und der Aussicht? Zahlen wir nicht alle Steuern und Beförderungsgebühren? Haben wir nicht das Recht auf einen ungetrübten Blick auf unsere Stadt... ohne Werbung... ohne Hindernis... ohne Pocken!?

Wäre ich Chef der BVG, ich kämpfte gegen diesen Zustand. In meiner Amtsansprache würde ich sagen:

»Werte Fahrgäste. Es ist an der Zeit, dass sich etwas ändert in unserer geliebten Stadt (Applaus). Zu lange schon haben Markenmultis, Mobilfunkriesen, Mediamärkte und was anderes mit M uns mit ihrer rücksichtslosen Vorgehensweise geschadet. Zu lange schon wurden die Interessen von anonymen Industriellen über die der Kinder dieser unserer Region gestellt.

Ist es nicht so, dass ein Bus... so etwas wie ein Freund der Menschen ist, einer, der einen mitnimmt, wenn es auf seiner Strecke liegt? Einer, der keine Fragen stellt, außer vielleicht »kurz oder lang«? Einer, der einen wärmt, wenn Frost und Schlamm die Straßen bekleiden, und Kühle spendet, wenn Hitze und Dürre die Außenluft regieren? Jemand, auf den man sich verlassen kann, der zur vereinbarten Uhrzeit kommt, und wenn man sich verspätet, dann nimmt er es einem nicht übel, sondern kommt noch mal. Dass so... dass so ein Freund überhaupt Werbung auf seinem Körper tragen muss, ist das nicht Entwürdigung schon?

Als ob wir das Rasierwasser oder die Nußnougatcreme eher erwerben, weil sich der Kaufreiz bewegen tut? Ist das ein Irrglaube oder schon Realität? Ist das ein Segen oder ein Fluch? Wie kann es sein, dass, wenn man diesen ausgetüftelten Botschaften keine Aufmerksamkeit schenkt, weil man im Objekt der Bebotschaftung sitzt, man dafür noch gestraft wird, weil einem die Struktur der Beklebung die Sicht verwehrt? Ist es nicht so, dass, wenn man hinausschaut aus dem

Fenster und von draußen das Versprechen eines gigantischen Unternehmens begutachtet, man von innen nur einen grauen, die Realität verschleiernden Flaum sieht? Und bei genauem Beobachten nur viele winzige, einzelne, hilflose schwarze Pocken? Pocken, die alleine vielleicht völlig harmlos wären, wie eine Pocke es eben nur sein kann, aber als Masse gewaltig und gefährlich! Müssen wir uns das gefallen lassen, liebe Busfahrerinnen und Busfahrer? Ich sage: nein! Nein, nein und nochmals nein! Nicht mit uns! Nicht so! Und schon gar nicht in unserer Region! Danke.«

Bersten würde der Raum oder der Platz, an dem ich das sagen würde, vor Applaus und Zustimmung, ich bin mir sicher. Mit Tränen der Einsicht in den Augen würden endlich verstandene Fahrgäste mir zuwinken, mir vertrauen, ihre Babys auf meinen Arm legen und sich freuen, dass endlich mal einer da oben ist, der sich um die wirklich wichtigen Dinge bemüht... und dabei die Bedürfnisse der Kleinen und Kleinsten nicht vergisst.

Am nächsten Morgen würde eine Spezialeinheit von BVG-Werbeplakatabklebern durch die Stadt ziehen, begleitet vom Jubel der Geknechteten. Alle pockenbasierten Reklamefolien kämen ab. Ab, ab und nochmals ab. Die Fenster der Busse würden klar und freundlich und niemand bekäme mehr Kopfschmerzen durch das Fixieren auf die Pocken während der Fahrt. Kopfschmerztablettenhersteller würden die Produktion drastisch drosseln und die Hälfte der Belegschaft nach Hause schicken. Und dann würden nur noch Busse gebaut mit dem Ziel, dass jeder Bürger und jede Bürgerin seinen bzw. ihren eigenen hat. Sie hätten sogar vorne und hinten Türen, sodass man von Bus zu Bus wandern könnte ohne jemals wieder einen Schritt auf die porösen Asphaltstrassen setzen zu müssen.

Ja, das pockenlose Leben wäre ein erfülltes Leben.

Lächeln... lauthals lachen würde man über die Zeit als noch vorrevolutionäre Schwarzpocken den Transport bestimmten mit ihrer widerlichen, scheinheiligen Existenz. Als Kinder ihre Mütter während der Busfahrt noch fragten:
»Mutti, warum hat der Herrg'tt denn den Himmel so grau gemacht?«
Und verwirrte Muttis nur sagen konnten: »Das ist nicht der Himmel, den du da siehst, kleiner Ulrich. Das ist dem Franz Beckenbauer sein Popo, denn der sitzt auf dem Bus und sagt den Leuten, dass sie die Briefe zur Post bringen sollen!«
»Aber das weiß doch jeder Doofie sowieso schon!«
»Recht hast du, Ulrich... Recht hast du!«
»Und warum sagt der Mann das dann den Leuten?«
»Weil er ganz arg berühmt ist, der Herr Beckenbauer Franz, und weil dann die Leute nicht nur ihre Briefe zur Post bringen, sondern dabei auch noch ein gutes Gefühl im Magen haben, weil's ja der Herr Beckenbauer auch noch mal gesagt hat. Die Welt ist seltsam, mein kleiner Ulrich!«

HAARCHE NOAH.

Monatelang hatte Elvira nichts anderes getan, als Bewerbungen rauszuschicken. Obwohl sie ihr BWL-Studium mit Bravour und in Rekordzeit gemeistert hatte, einen Auslandsaufenthalt in Bern, elf Praktika und fundierte Kenntnisse in Word, Excel, Internet Explorer, optische Maus und Windows vorzuweisen hatte, rannten ihr die Arbeitgeber nicht gerade die Türen ein. Langsam hatte sie sich verabschieden müssen vom großen Traum einer steilen Karriere im Bankwesen. Und so waren die letzten 200 Bewerbungen sogar schon an diverse Callcenter und ominöse Zwei-Mann-Start-Ups herausgegangen. Nach langem Warten und vielen weiteren Absagen hatte sie endlich eine Firma zu einem Vorstellungsgespräch eingeladen. Elvira wusste immer, wenn sie die Möglichkeit bekäme, jemanden unter vier Augen von sich zu überzeugen, dann würde sie auch genommen werden.

Einen Tag vor ihrem Gespräch beschloss Elvira, sich eine neue, dynamische Frisur machen zu lassen. Eine Freundin hatte ihr einen stylischen Laden in Steglitz empfohlen. Nach kurzer Terminabsprache betrat Elvira den Salon »Haarche Noah« gegen zwei Uhr nachmittags.
Eine freie Friseuse begrüßte sie und bat Elvira, auf einem Stuhl Platz zu nehmen. Elvira sah sich im Spiegel an und

dachte: Du wirst das schaffen morgen!
»Wie hätten Sie's denn gern?«
»Also, ich dachte, so wie Veronica Ferres neulich bei der Bambiverleihung. Hier, ich hab ein Foto aus der Gala augeschnitten.«
»Ach, die Ferres... null Stil... wie immer.«
»Meinen Sie die Frisur?«
»Ich meine ihr ganzes Auftreten. Sie wird für mich immer das kleine, mollige Bauerntrampelchen bleiben, das sie mal war.«
»Haben Sie einen Tipp für mich, frisurmäßig?«
»Was wollen Sie denn darstellen?«
»Na, ich hab morgen ein Bewerbungsgespräch... und da möchte ich... mich von meiner besten Seite zeigen!«
»Mmm-hmmm.«
»Und?«
»Ich denke, ich denke...«
»...«
»Kürzer.«
»Wie bitte?«
»Definitiv die Haare kürzer.«
»Aber ich bin doch so stolz auf meine Länge.«
»Stolz hin, stolz her... Mädchen, wenn du es in diesem Business schaffen willst, dann musst du bereit sein, was von dir zu opfern!«
»Aber...«
»Kein aber. Wir mussten da alle durch.«
»Wie?«
»Ich schneide erst mal 'n bisschen ab... und du wirst sehen, das macht 'n Riesenunterschied! Summa summarum fünf Zentimeter.«

»Na gut, aber nicht mehr, okay?«
»Versprochen.«

Zehn Minuten später.

»Und? Gefällt's dir?«
»Na, das ist schon ziemlich kurz... aber sieht echt gut aus. Vielen Dank.«
»Ja ja.«
»Nee, wirklich. Ich mag mich so.«
»Mmmh-hmmm.«
»Was ist denn?«
»Ach, gar nichts, wieso?«
»Na, Sie wirken irgendwie nicht so 100% zufrieden.«
»Doch, doch... aber ich find's einfach schade...«
»Was denn?«
»Na, dass du den Job morgen nicht bekommen wirst. Und dabei bist du doch so 'n nettes Mädchen.«
»Woher wollen Sie bitte wissen, dass ich den Job nicht...«
»Alles schon gesehen. Das da draußen ist wie 'ne Fleischbeschau. Eine kommt rein, zu dick, zu dünn, zu groß, zu klein. Weg. Nächste. Summa summarum: ein gnadenloses Business. Und du... bist einfach nicht bereit, was wirklich Neues auszuprobieren!«
»Was empfehlen Sie mir denn?«
»Kürzer.«
»Noch kürzer???«
»Ja.«
»Ich bin mir unsicher.«
»Siehst du? Genau das meine ich! Wie willst du es jemals schaffen, wenn du so unsicher bist? Wag doch mal was,

Mädel! Sei doch mal wer! Denkst du, ich bin auf das Cover der Vogue gekommen, weil ich mir unsicher war? Denk doch mal nach!«

»Aber Sie sind doch... Friseuse!?«

»Kind, vertrau mir einfach.«

»Na gut, aber bitte nicht zu viel...«

»Fünf Zentimeter... summa summarum.«

»Ich mach's!«

»Gut so. Weiter so. Aus dir machen wir noch 'nen richtigen Star!«

Zehn Minuten später.

»Na?«

»Oh mein G'tt... ich seh aus wie... wie 'n Kerl!«

»Quatsch, das ist super in gerade.«

»Ich glaube, ich mag das nicht.«

»Tja, das hättest du vorher wissen müssen, Schlaumeierchen.«

»Aber... nein, Sie haben mich ja praktisch dazu gezwungen!!!«

»Niemand zwingt dich hier zu irgendwas. Du hast dich hier angemeldet. Du kannst auch wieder nach Hause gehen. Aber du bist ganz alleine dafür verantwortlich, was hier passiert. Ob du weiterkommst oder ob die Show hier für dich vorbei ist.«

»Welche Show? Ach Shit. Warum habe ich das nur zugelassen!?«

»Na, jetzt ist es auch egal.«

»Wie?«

»Na, sooo kriegst du den Job 100%-ig nicht. Das garantiere ich dir.«

»Häää?«
»Glatze!«
»Waaaaas!!!??«
»Sei doch mal mutig. Eine Glatze zeigt absolutes Selbstvertrauen. Das mögen die Chefs. Da wissen sie, was sie haben, von Anfang an.«
»Ich mach mir doch keine Glatze. Ich bin doch nicht bescheuert. Ich gehe jetzt.«
»Nein.«
»Doch, ich gehe jetzt, bitte lassen Sie mich...«
»Du gehst, wenn ich es dir sage, hast du verstanden!?«
»Was passiert hier? Ich möchte bitte nach Hause.«
»Das hier ist jetzt dein Zuhause. Cindy, hol mir doch mal bitte den Rasierer!«
»Hilfe, ich will raus!«
»Erfolg tut manchmal weh, bleib einfach ruhig, so ist es am schmerzlosesten für dich. Und mich. Summa summarum ist es die richtige Entscheidung.«
» ... «

Zehn Minuten und 20 Zentimeter gesundes Menschenhaar später.

»Schau mal, du bist ein ganz neuer Mensch!«
»Ich... sehe... aus... als hätte ich gerade 'ne Chemotherapie hinter mir.«
»Und meinst du nicht, dass das Eindruck hinterlässt, so 'ne Chemo?«
»Was? Ich wollte mich doch nur in der Marketingabteilung von 'nem Getränkegrosshandel bewerben. Ich sprech doch morgen nicht bei nem Tattoostudio vor...«

»Hör schon auf zu heulen! Summa summarum stellst du jetzt etwas dar!«
»Summa summarum, summa summarum... ich kann's schon nicht mehr hören: summa summarum!!! Summa summarum war es der größte Fehler meines Lebens, hier herzukommen. Summa summarum wurde ich hier festgehalten und manipuliert. Summa summarum sind Sie eine böse Hexe und ich möchte jetzt summa summarum sofort gehen und mein Geld zurück... und zwar summa summarum!!!«
»Summa summarum bist du eine einfach nur 'ne Heulsuse, wie die meisten anderen. Alles schon gesehen. Wir haben dich hier geformt, dich zu etwas gemacht. Du kamst hier an und warst summa summarum ein Nichts, eine Niete, summa summarum ein Stück roher Teig ohne Persönlichkeit! Und nun stänkerst du rum! Ist das etwa deine Vorstellung von Dank? Das wird der Senderleitung gar nicht gefallen.«
»Dank? DANK??? Sie haben vielleicht meine berufliche Zukunft zerstört!!! Und ich soll Ihnen auch noch danken dafür!? Summa summarum trete ich Ihnen in den Arsch! Verklage Sie! Das hier ist keine Fernsehshow... das ist mein Leben über das wir hier sprechen!!«
»Summa summarum kriegst du den Job morgen vielleicht wirklich nicht, aber hey... du hast immerhin etwas gewagt! Und das respektiere ich!«

»...«

»Ach komm, Püppchen, soooooooooooooooooooooo-
ooooooooooooooooooooooooooooooooooooooooo-
ooooooooooooooooooooooooooooooooooooooooo-
ooooooooooooooooooooooooooooooooooooooooo-
ooooooooooooooooooooooooooooooooooooooooo-
ooooooooooooooooooooooooooooooooooooooooo-

oooooooooooooooooooooooooooooooooooooooooooooooo-
oooooooooooooooooooooooooooooooooooooooooooooooo-
oooooooooooooooooooooooooooooooooooooooooooooooo-
oooooooooooooooooooooooooooooooooooooooooooooooo-
oooooooooooooooooooooooooooooooooooooooooooooooo-
oooooooooooooooooooooooooooooooooooooooooooooooo-
oooooooooooooooooooooooooooooooooooooooooooooooo-
oooooooooooooooooooooooooooooooooooooooooooooooo-
oooooooooooooooooooooooooooooooooooooooooooooooo-
oooooooooooooooooooooooooooooooooo schlimm sieht es doch nicht aus! Summa summarum wie ein beschnittener Pimmel, oder wie 'ne Aidskranke... summa summarum: etwas Neues, etwas wirklich Neues!!«

»Darf ich jetzt bitte gehen? Ich muss mir eine Perücke für morgen besorgen.«

»Na klar. Und wegen der Fleischmütze auf deinem Kopf: Das wächst nach. Summa summarum in elf bis zwölf Monaten. Vielleicht klappt's dann auch mit dem Job.«

»Ich... hasse Sie.«

»Ach Nonsens, summa summarum magst du mich eigentlich tief in deinem Inneren..«

»Warum sollte ich das, Sie Miststück!? Hääääää? Sie haben mich verstümmelt!!!«

»Warum? Weil ich vielleicht die erste Person in deinem Leben bin, die ganz ehrlich zu dir sagt: Das, was du da auf deinem Kopf trägst, dieses rasierte Gnu, diese gepellte Aprikose, diese sibirische Tundra... sieht einfach mal richtig scheiße aus!!! Summa summarum: wie 'ne Mondlandschaft. Die Nächste bitte!«

Zehn Monate später.

Elvira bekam den Job nicht, doch der Chef der Firma verliebte sich Hals über Kopf in sie. Sie erinnerte ihn an seinen Jugendschwarm Sinéad O'Connor. Im Moment bereiten sie ihre Hochzeit vor. Die Besitzerin des Friseursalons schneidet noch heute ausgefallene Frisuren. Der Autor dieser Geschichte besucht sie regelmäßig.

DIE ANSAGE.*

*Diese Geschichte gibt es auch als Video:
www.berlinfuckingcity.com/ansage

Liebe Fluggäste... Ich begrüße Sie herzlich auf diesem Boing 741-Flug von Berlin nach Antalya. Der Boarding Prozess wird bald abgeschlossen sein, sodass wir... pünktlich starten können. Der Runway ist relativ leer und wir haben perfektes Flugwetter, ich rechne daher mit einem problemlosen Abflug. Unsere Flugzeit wird circa drei Stunden und 15 Minuten betragen. Mein Name ist Horst Wisetzki, ich bin heute Ihr Kapitän. Im Namen der gesamten Crew wünsche ich ihnen einen guten Flug und melde mich später noch einmal.

Meine Damen und Herren, in Kürze wird Ihnen das Mittagessen serviert. Anschließend haben Sie die Möglichkeit, Waren aus unserem Duty-Free Shop zu erwerben...

Liebe Fluggäste, wir werden nun mit der Vorführung des Filmes beginnen. Heute haben wir für Sie »Flitterwochen in...« Scheiße... »Flitterwochen in Las...« Fuck............

Meine Damen und Herren... wir begegnen einigen Turbulenzen... es gibt keinen Grund zur Sorge, alles ist unter

Kontrolle. Kipp das Ding, Mann...

Meine Damen und Herren, aufgrund der doch heftigen Turbulenzen im Flugraum ist ein Problem mit... der linken Tragfläche... entstanden. Ich würde die Fluggäste auf der rechten Seite des Ganges bitten, sich unverzüglich auf die linke Seite des Flugzeugs zu begeben. Sollte Platzmangel entstehen, werden Sie gebeten, sich auf den Schoß eines anderen Fluggastes zu setzen... wie bereits gesagt, es gibt keinen Grund zur Sorge, wir... heilige Mutter G'ttes... wir bemühen uns, alles wieder in Ordnung zu bringen.

Sehr verehrte Fluggäste, hier spricht der Kapitän. Wie Sie vielleicht schon bemerkt haben, ist die linke Tragfläche... schwer beschädigt, was uns ein normales Weiterfliegen nicht ermöglicht. Unsere Stewardessen werden Ihnen nun eine kleine Aufmerksamkeit servieren. Wir möchten Sie ermutigen, Waren aus dem Dutyfreeshop zu kaufen. Es gibt auf alle Artikel einen 50-prozentigen Rabatt.

Meine Damen und Herren... alle Artikel aus dem Dutyfreeshop sind nun kostenlos erhältlich. Sollten Sie ein Handy besitzen, schalten Sie dies nun an, es spielt jetzt... eh... keine Rolle mehr... rufen Sie bitte ihre Familie oder Freunde an... außerdem ist das offizielle Rauchverbot im gesamten Flugzeug nun aufgehoben...

Sehr verehrte Fluggäste... die linke Tragfläche wird in Kürze... abfallen und wir werden höchstwahrscheinlich alle einen... äußerst qualvollen und schrecklichen Tod sterben. Im Namen der gesamten Airline war es eine Freude, mit

Ihnen zu fliegen. Im Übrigen stehe ich auf kleine Schulmädchen mit roten Strumpfhosen und habe mir allein während dieses Fluges schon zweimal auf dem Klo einen gewichst... meine Großväter waren beide in der Waffen-SS und haben nicht versteckt damals... Fräulein Winkers, würden Sie bitte sofort ins Cockpit kommen und mir einen blasen. Over.

Liebe Fluggäste... hier spricht Ihr Kapitän... im Gegensatz zu Ihnen besitze ich einen Fallschirm und werde mich nun zusammen mit meinem Co-Piloten und Fräulein Winkers... aus der Flugkabine hinauskatapultieren... ich wünsche Ihnen noch einen schönen Weiterflug und frohes Abstürzen. Da wir uns über dem offenen Meer befinden, kann ich Sie beruhigen. Diejenigen, die nicht sofort durch den Aufprall getötet werden, werden höchstwahrscheinlich ertrinken oder von Haien gefressen werden. Die Überreste Ihrer Leichen werden voraussichtlich in zwei bis drei Wochen an Land gespült werden.
Noch einmal vielen Dank und... mein Beileid... bitte entscheiden Sie sich auch das nächste Mal wieder für... äh... auf Wiedersehen... ich meine... leben sie wohl... die nächsten Minuten! Cabin-Crew... get ready for ejecting............

DAS CHAMÄLEON (TEIL 2).*

*Diese Geschichte gibt es auch als Video: www.berlinfuckingcity.com/chamaeleon2

Nein, bitte nicht... die Krümel... ich will doch nur die Krümel... bitte... nehmt sie mir nicht weg, die Krümel... ich bin einer von ihnen... ein Krümel... ein Krümel... ahhhh.... AAAAHHHHHHHHHHH!!!!

Sonntag, 16:15
Ich wache auf. Wer bin ich? Ich bin ein Mensch. Wo bin ich? Ich bin in meiner Wohnung, in der Torstrasse, in Mitte, in Berlin, in Deutschland, in Europa, auf der Erde... im wärmeren Teil des Universums.
Meine Füße sind kalt. Mein Herz auch ´n bisschen.

Meine Kehle fühlt sich an wie der verweste Dickdarm eines Nasenbärs. Was ist da gestern gelaufen? Kann mich nicht erinnern. Muss ich auch nicht. Bin schließlich kein Fotoalbum. Apropos: Muss gleich die Seite mit den Partypeoplefotos checken. Es kann nicht sein, dass ich da irgendwo mit Losern zu sehen bin. Absteigern im System. Halberfolgreichen. Usern. Keine Macher, wie ich und meinesgleichen! Ich bin ein Warnschild für alle Weicheier. Meine Zähne glänzen wie weißer Lack auf der Limousine eines saudischen Ölscheichsohns. Ich bin die Wurzel aus allen Versuchen von allen nichtssagenden Nachplapperern. Ich bin ihr Idol, ihr Meister... und ihr Verderben. Hab mich ´n bisschen beschäftigt mit so antiken Philosophien. Man bildet sich. Andere Mädels gucken mit ihren Mackern stumpfsinnige DVDs, bevor sie unbefriedigt in ihren Armen einschlafen. Wie erbärmlich. Ich besorg's meinen Bräuten Doggystyle und mache davon ´ne DVD. Wenn sie kommen, zoome ich mit meiner Fernbedienung auf ihr Gesicht. Das ist der Moment meiner eigenen Unsterblichkeit. Der Lustspeichel an ihren aufgeplusterten Lippen... mein Denkmal aus Fleisch. Nur für meine Privatkollektion natürlich. Ich bin 'n Ästhet - kein Schwein. Ich, der Besorger, ich, der Verführer, ich der Orgasmograf. Muss langsam aufstehen. Kann nicht den ganzen Tag im Bett bleiben und alte Friends-Folgen gucken wie irgendso 'n HartzIV-Untermensch.

18:12
Der Sonntag ist ja doch ganz lebendig. Habe meinen Mann-von-Welt-Tweed-Mantel übergeworfen und cruise die Torstrasse entlang wie 'n motorisierter Neoboter auf Gleitschienen. Seit ich in der Firma gekündigt habe, komme ich nicht mehr so viel unter Leute. Ein Grund mehr, den Sonntag als Freakshow zu betrachten. Im Erbärmlichkeitsbild des Vorweihnachtsstresses einbetonierte Durchschnittsvisagen versperren meinen Neuronen den Weg zum Zentralhirn. Ich kann so viel Häßlickeit nicht einfach hinnehmen. Kann nicht glauben, dass meine lupenreine, solariumgebräunte Königshaut aus denselben atomaren Bausteinen besteht wie die verpickelten Lederfressen dieser Einkaufszombies. Früher

war ich auch einer von ihnen. Habe sogar an Weihnachten Geschenke gekauft für meine Familie. Sinnloses Zeug wie Vasen, Krawatten und Besteck.
Doch ich habe mich selbst therapiert und aus der Metamorphose ist ein Endzeit-Antikapitalist entstanden, der niemanden mehr beschenkt. Höchstens mit seiner Anwesenheit. Wenn überhaupt. Mutter und Paps seit Jahren nicht mehr besucht. Kontaktabbruch. Zu viele Fragen, zu viele Ratschläge. Sollen sie doch in ihrem Dorf weiter die Rolle der Allwissenden spielen. Hier in meiner Stadt haben sie nichts zu melden. Manchmal schicke ich ′ne Weihnachtskarte. Nichts Persönliches. Zitat von Plato oder Evil Knievel. Retortenbriefmarke. Keine Unterschrift. Kalt. Wie der Winter in meinem Herzen.

20:14
Vor den Arkaden steht ′n schwuler Weihnachtsmann. Ab und zu nimmt er kleine, blonde Kinder auf seinen Schoß und sie flüstern ihm ihre nichtigen Wünsche ins Ohr. Ich beobachte die Situation. Mein Magen krümmt sich vor Ekel und Speitrieb. Während einer der winzigen Idioten ihm ins Ohr flüstert, hängt ein fast gefrorener Popelfaden an seiner Nase. Ich will hin und ihm mit einem Raab-Karcher-Sandstrahl mit einem angeschlossenen 2000-PS-Pumpaggregat das klebrige Gesicht säubern. Seine käsige, bleiche Krümelvisage massakrieren, ihn zerstören, foltern und knechten. Ich will einen F-16-Kampfjettankschlauch in seine Nase schieben und voll aufdrehen, sodass sein gesamtes Popelpotential für immer ausgelöscht wird. Anwaltskosten nehme ich gerne in Kauf.
Was können die asozialen Eltern dieses widerlichen Zwerges

schon verlangen mit ihren kleinen Gehirnen? Die denken doch nur an die nächste Ausgabe von »Wetten Dass..?« mit Thomas Goldie Locks G'ttschwanz. Meine Freizeit ist knapp. Brauche solche Episoden. Kommen. Unglaubliches bringen. Abtauchen. In der Summe der verständnislosen Mienen der Mitmenschen spiegelt sich meine Andersartigkeit. Sie sind dumm. Dumm, wie nur Schweine dumm sein können. Essen, paaren, schlafen, im Dreck wühlen... kleine Schweine rauspressen und füttern. Damit ihnen dann Rotzfäden aus der kleinen Schweinenase raushängen. Popel. Eene meene mopel. Ich popele nie. Habe 2003 die Innenwände meiner Nase mit namibischem Königssamt auslegen lassen. Seitdem rieche ich auch nichts mehr. Das meiste stinkt eh.

20:22
Übergebe mich auf dem Arkadenklo mit der Unmittel-barkeit eines französischen Nachwuchsmodells kurz vor der nächsten Laufstegshow. Meine Kotze prasselt wie ein grün-brauner Laserstrahl auf die Keramikschale des Scheißaltars. Ich stelle mir vor, wie ich selbst auf meinem Kotzstrahl surfe... mit einer Kamera in der Hand, und alles filme, es dann meinen Freunden als E-Mail-Anhang schicke und der Datei irgendeinen ultrafreakigen Namen gebe: pukesurfer.mpg, brownwave.wmv oder how_I_learned_to_love_the_kotze.mov. Und wenn ich's am Ende nur mir selbst schicke: große Kunst! Ich hänge über der Kloschüssel und spüre, wie sich mein Körper um gefühlte 40 Liter erleichtert. Was ist los mit mir? Warum kann ich nicht einfach dazugehören? Doch Chamäleons gehören nie dazu... sie passen sich nur äußerlich an, niemand weiß, wie sie wirklich aussehen, es sei denn, man kommt ihnen ganz nah.

Aber wie soll mir jemand nahe kommen? Ich zerstöre ja schon seine Existenz wenn er oder sie es auch nur wagt, mich länger als eine Sekunde lang anzugucken. Zerreiße seine Hoffnungen, zerfletsche seinen Versuch, beerdige seinen Drang, zerschmettere all seine Motive und spucke Salzsäure auf seine Iris. Wer es wagt, den Meister anzuvisieren, zu denken, dass Kontakt drin ist, wird kompromisslos misshandelt und zerstört. Und sei es nur mein eigenes Spiegelbild.

23:33
Bin auf 'ner Vernissage gelandet. Schwule Möchte-gernbilder von 'nem nichts sagenden Aschenputtel aus der Provinz. Alles schon gesehen. Alltagsimpressionen einer Unterexistenz gepaart mit 'ner Note popartiger Nachgeburt. Da kann ich auch selber 'n Bild von 'nem Opa mit 'm Photoshopfilter versehen und es »Reaction Circumflex, 88c« nennen. All die verspasteten Kunstkenner stehen drum rum und wippen mit ihren billigen Schaumweingläsern im Takt.
Einer erkennt mich. Und? Wie finden Sie die Werke aus der »Zay-Tock«-Reihe? Ich nehme sein Glas und verschwinde auf dem Klo. Zwei Minuten später gebe ich es ihm zurück mit einer dampfenden Wurst darin und sage: »Kein Kommentar!« So bin ich. Macht man mich doof an, haue ich nicht zu wie 'n Neandertaler. Nein, ich gehe gleich dahin, wo das Bewusstsein aufhört zu werten, ins Zentrum meines Gegenübers, in seine Kindheit, in seinen Schmerz, in den Keller seines Unter-Ichs, in das Tiefkühlfach seiner Lächerlichkeit... und zerstöre all das, was er meint zu wissen oder nicht zu wissen.
Seit ich bei diesem Psychologen war, fühle ich mich noch

schlechter als vorher. Er hat versucht, mich zu erforschen, mit Mitteln, die für die Allgemeinheit gedacht sind. Du kannst doch einem Dämonen keine Pillen geben. Die schluckt er nicht. Man gibt ja auch einem Huhn kein Küken zu fressen. Klappt nicht. Vielleicht, wenn's so stark zerkleinert wurde, dass die Konsistenz nicht mehr erkennbar ist. Vielleicht.

Trete raus auf die kalte Strasse. Noch mehr Hässlichkeit. Sie ist überall, verfolgt mich wie ein Geschwür. Ich könnt schon wieder kotzen. Auf die ganze Welt. Ewig kotzen, bis mein Körper sich nach außen krümmt und nur noch gelbe Säure rauskommt, extrahiert aus meiner Galle, konzentrierter Lebenssaft, so lange, bis ich meine Seele auskotze und nur noch Atom bin. Vielleicht finde ich dann so etwas wie Frieden.

Laufe weiter Richtung Donuts.

2:44
Seit 'ner halben Stunde unterhalte ich mich mit 'ner Japsin. Das heißt, seit 'ner halben Stunde rede nur ich. Sie muss verstehen, dass alles was sie mir zu sagen hat, in meinen Ohren nur recycelter Hirnkot ist. Sie wagt es, mich zu unterbrechen. Ich schreie sie an. Sie weint. Ein verwirrter Lotusfalter im kalten Berlin. Nicht nur verflogen... deplatziert... lebensunfähig. Ich lache laut. Sie sieht traurig aus. Dann sagt sie: Dein Herz ist in Not!

In meiner Magengegend ein seltsames Gefühl. Ich fühle nichts. Ich liebe nichts. Doch es wird immer stärker... die gesamte Kotze aus meinem Magen zwängt sich durch meine

Herzklappen und verhärtet zu einem einzigen Übergebungstumor. Ich spüre ihn ganz deutlich. Sie geht weg. Ich spüre, ich muss ihr folgen. Warte mal... weiß nicht, was ich sagen soll. Ich habe dich verletzt, sage ich. All das, woran ich glaube, zersetzt sich zu einer Ansammlung von toten Krümeln. So wie die, die damals als Kind neben meinem Stück Kuchen lagen, und die ich so gerne mit meinen angeleckten Fingern aufheben und naschen wollte wie immer. Doch eines Tages hat Vater es verboten und gesagt: Alles, was daneben liegt, ist außerhalb! Dann nahm meine Mutter den Teller und kippte die Krümel in den Müll. Mit ihnen kippte sie auch meine Kindheit weg. Ich war 9. Dieses asiatische Mädchen hat meine Krümel für einen Moment wieder ausgegraben. Krümel, von denen ich dachte, sie wären verschimmelt und verwest. Krümel, mit denen ich vielleicht den ganzen Kuchen von damals rekonstruieren könnte.

Etwas geschieht mit mir. Ich stehe in einem Mikrokosmos meiner selbst, mein Trommelfell vibriert zu den heftigen Beats des Tanzlokals. Keine zwanzig Zentimeter vor mir steht sie.

4:22

Wir liegen auf meiner Couch. Ich verspüre keinen Drang, in sie einzudringen. Seit einer Stunde erzählt sie von sich. Ich höre zu. Ich weiß, dass ich unfähig bin, mich zu verlieben, jemals ein anderes Geschöpf mehr zu respektieren als mich selbst schon nicht. Sie ist nur Lieferant. Bringer meiner Zutaten. Reflektionsagentin. Heilerin. Ich werde ihr zuhören und sie wird mich unkaputtbar machen. Wir werden eine basislose und kranke interracial Beziehung führen, und wenn auch nur hier und jetzt auf meiner Designercouch. Sie sagt: Du bist weit weg von dir. Ach, Schlitzauge, du hast ja keine Ahnung. Gib mir die Krümel. Verknete sie für mich und back mir den Kuchen. Den Kuchen von damals. Den Kuchen meiner Kindheit. Back ihn!! Knete ihn... schieb ihn in den Ofen, hol ihn raus... gib ihn mir zu essen. Diesmal werde ich auch die Krümel mitessen. Nur dieses eine Mal noch.

5:17

Mein Küchenmesser kann ihren Unterschenkel nur sehr langsam vom Rest abtrennen. Das zarte Chinafleisch löst sich nicht. In meinen Phantasien glitt das Messer wie ein Laserschwert durch weichen Camembert. Nihilierte den Menschen ohne jegliches Hindernis. Die Realität ist ernüchternd. Eine riesige Schweinerei. Blut überall. Gib mir die Krümel, du Hure. Gib sie mir! Endlich habe ich sie vollständig zerkleinert. Verstreut auf meinem beigen Wohnzimmerteppich liegen verschiedene Körperteile. Wie in einem Kaleidoskop werfe ich sie hin und her. Wie lange es wohl dauert, bis die Sache rauskommt? Ob ich mir vorher die Kehle aufschlitze? Ich wollte doch nur vom Kuchen kosten. Nichts Schlimmes. Nur vom Kuchen... kosten... oder kotzen... kommt aufs selbe raus. Ich bin so dezentral. Feudal und assymetrisch. Ich! Ich bin die Kopie der Kopie eines einzelnen mikroskopischen Krümels... so wie alle Menschen nur verkrüppelte Krümel eines unerreichbaren kosmischen Kuchens sind.

8:14

Ein schöner Tag. Die Spatzen zwitschern einen Remix von Armand van Helden. Ich schaue in den Himmel. Ein Sonnenstrahl berührt meine Netzhaut. Für den Bruchteil einer

Milliardstel Nanosekunde... sehe ich G'tt. Sein Gesicht sieht aus wie... ein riesiger Käsekuchen. Und ich... ich bin nur einer seiner Krümel. Ein Krümel zwar nur, aber dennoch Teil des galaktischen Kuchens. Eines Tages wird der Krümel den Kuchen fressen und selbst zu einem interstellaren Meta-Kuchen werden. Jetzt versteh ich's... ich bin G'tt... Neo-Jesus... der Auserwählte... Käsekuchen... Krümel... Käsekrümel... Bei der Macht von Greyskull... ich bin Krümlor, Herrscher der Käsegalaxie.

In der Ferne höre ich Sirenen.
Sie kommen.

DIE BRUT.

Als der kleine Sven-Erik an diesem Nachmittag von dem Freund seiner Mutter vom Hort abgeholt wurde, war er noch ein wenig nervtötender als sonst. Borger, wie der Mann hieß, der nun seit über einem halben Jahr mit der Mutter dieses Jungen schlief, war ein zurückhaltender, unauffälliger Mann um die 40, der vor genau sechs Monaten eigentlich nur einen Merlot in eben dem Tanzlokal trinken wollte, in dem Sven-Eriks Mutter Wiebke damals mit ein paar Freundinnen das 12-jährige Jubiläum ihrer gemeinsamen Frauenzeitschrift »Amazonia« feierte. Doch aus dem Merlot wurde ein etwa einstündiger Fellatio auf dem Vordersitz von Borgers Volvo.

Bis heute wussten weder Sven-Erik noch seine Mutter, ob Borger sein Vor- oder sein Nachname war. Oder ein Pseudonym. Wann immer der kleine Sven-Erik das Thema ansprach, bekam Borger eine kleine Falte über dem linken Auge, die sonst nur beim Verzehr von Heidelbeereis oder bei stressbedingter Impotenz hervortrat. Eine Antwort gab er nie. Im Prinzip hatte er doch nur ein Glas Wein trinken wollen.

Doch nun, ein halbes Jahr später, war er Teil dieser kleinen Familie und tat Dinge, die er vorher nicht getan hatte. Manchmal veranstalteten die drei Spieleabende. Beim

Monopoly wirkte Borger stets sehr angespannt und verbissen, was sich unter anderem darin äußerte, dass er ein Spieleprotokoll führte, in dem er penibel genau alle Transaktionen akribisch dokumentierte. Einmal beschloss Wiebke, die das Spiel scheinbar nicht so ernst nahm, ihrem fast bankrotten Junior Sven-Erik eine Spende von 200 Monopoly-Dollar zu vermachen. Während sich der Kleine riesig freute und damit gleich zwei Häuser auf der Turmstrasse baute, strafte sie Borger mit einem verächtlichen Blick.
»Ach komm, Borger! Ist doch nur ein Spiel«, hatte Wiebke gesagt. Borger hatte danach den gesamten Abend kein Wort mehr gesprochen und selbst als sie sich nachts mit einer wohlwollenden Handentspannung bei ihm entschuldigen wollte, winkte er ab und flüsterte in die stille Nacht hinein:
»Wäre er mein Sohn, ich würde ihn nicht so verziehen!«

Ja, ja, unser Borger war schon ein seltsamer Zeitgenosse. Doch immerhin war er da, wenn man ihn brauchte, und das war schon sehr viel. Als er nun beim Hort vorfuhr, um Sven-Erik abzuholen, plagten ihn stechende Schmerzen im Achselbereich. Am liebsten hätte er ihn schweigend nach Hause gefahren. Doch die Euphorie, die Kinder haben, wenn sie nach einem ereignisreichen Schultag auf einen Erwachsenen treffen, ließ es nicht zu. Schon beim Einsteigen in den Volvo, auf dessen Beifahrersitz noch vor sechs Monaten seine Mutter viermal gekommen war, begann Sven-Erik extrem zu nerven.
»Hi, Kumpel!«
Borger signalisierte ihm mit einer Handbewegung, er solle einsteigen.
»Borger?«, fragte Sven-Erik in seiner kindlichen Art.

»Soll ich dir erzählen, was wir heute in Sport gemacht haben?«
Borger nickte angestrengt. Es interessierte ihn im Moment so sehr wie die Lottozahlen vom 14. April 1962.

»Aaaaaaaaaaalso... Zueeeeerst meinte Herr Sanowski, wir machen Völkerball, ne, aber Marcus meinte, alle wollen Fußball machen, also meinte Herr Sanowski okay. Dannnnnnnnn... hat Stefan zwei Tore geschossen und Marcus, ja, Marcus ist so volllll auf die Fresse geknallert, so guck... du musst gucken... so.... *buschhhhhh*. Und als er aufgestanden ist, ja, Marcus, da meinte er so, ey, seh ich Sterne oder was, das war vollll witzig. Und dannnn, ja, meinte Herr Sanowski so, wir sollen so komische Ringübungen machen. Öööőh, Mann wir wollten doch Fußball spielen. Und dann hat Leon so gemeint, wenn wir heute doppelt Fußball spielen, dann machen wir nächstes Mal doppelt Ringübungen. Und weißt du waaaaaa-haaas? Nächstes Mal, ja, da ist doch eh die halbe Klasse beim Lesezirkel. Das war voll cool, wie der den so an der Nase herumgeführt hat! Und dannnn, beim umziehen, da meinte Marcus so, ey kennst du den Unterschied zwischen Hitler und Kacke? Und wir so, neeee, und er sooo: es gibt keinen! Voll witzig, wa? Und weißt du waaa-haaas? Ich hab mir dann auch einen ausgedacht, aber 'n neuen, aber auch 'n bisschen so wie der von Marcus, aber anders, aber ähnlich, aber nur 'n bisschen. Willst du den hören??? Aaaaalso, was ist der Unterschied zwischen Olli Kahn und Klopapier? Na, weißt du's? Okay, soll ich sagen? Gar kein Unterschied, haahaaaaa. Und daaaaaaaaannnn...«
»Das reicht jetzt, Sven-Erik!«
Borger konnte sich nicht mehr zurückhalten. Die Achsel-

schmerzen wurden heftiger. Er wollte einfach nur Ruhe. Warum tat er sich das an? Warum musste er sich die banalen Schilderungen dieses Kindes anhören, wo es doch nicht einmal sein eigenes war? War regelmäßiger Geschlechtsverkehr mit einer Mutter denn zwingend daran gebunden, sich auch um ihre Brut kümmern zu müssen? Vielleicht sollte er das Thema bald mal mit Wiebke besprechen. Sicher würde sie seine Einwände verstehen. Und wenn nicht? Was wäre, wenn sie es als Anlass nehmen würde, ihm ihre Sexualität zu verwehren, und Borger erneut in einen Zustand des Selbstzweifels und der Lethargie verfallen würde? Einmal, 1993, war es ihm schon so ergangen, und er hatte nur mit viel Mühe wieder in ein halbwegs normales Dasein zurückfinden können. Und all das sollte er ein weiteres Mal riskieren wegen so einem kleinen Stinker namens Sven-Erik? Nein, das war zu gefährlich. Also fügte er sich erneut wortlos dem Redeschwall des kleinen Plappermauls, dessen Gunst bzw. Missgunst leider definitiv über die Zukunft von Borgers Koitus entschied.

Als er sich zu Sven-Erik drehte, sah er einen kleinen Jungen, der nie einen Vater gehabt hatte. So wie er selbst.
»Verzeih bitte, Sven-Erik, das habe ich nicht so gemeint. Also, was hast du heute noch so erlebt, Kumpel?«, fragte er den sichtlich verwirrten Schuljungen mit dem kläglichen Versuch eines Lächelns in seinem Gesicht.

Borger hatte doch nur in Ruhe ein Glas Merlot trinken wollen.

Nichts weiter.

Willy Kramer

DIE KULANZ.*

*Diese Geschichte gibt es auch als Video: www.berlinfuckingcity.com/kulanz

»Herr Matzinski... sagen Sie mir doch bitte, was *Sie* zum richtigen Bewerber für die Stelle als Callcenter-Operator bei uns macht!?«

»Also, erst mal wollt isch mich rescht herzlich bei Ihnen bedanken, Herr Bode, für die Möglichkeit, misch hier persönlisch vorzustellen...«

»Sehr gerne.«

»Isch war jetzt seit meiner Ausbildung arbeitslos gewesen... das sind jetze zwei Jahre... und das bedeutet mir wirklisch sehr viel hier! Vor allem, weil isch weiß, wieviele Bewerber Sie haben.«

»Natürlich! Also, weshalb sind SIE der Richtige?«

»Also, isch glaube, isch kann ziemlich gut mit Menschen und so. Und isch bin so ein Mensch, wenn isch was lerne, dann vergess isch das nisch mehr!«

»Das ist sehr gut. Genau so jemanden suchen wir auch!«

»Super!«

»Ja, wenn's von Ihrer Seite keine weiteren Fragen mehr gibt, dann würde ich sagen, Sie haben den Job. Gratulation.«

»Klasse!«

»Ich freu mich darauf, Sie am Montag zu sehen!«

»Montag???«

»Ja, am... Montag.«
»Okay... na... okay.«
»Passt ihnen Montag nicht?«
»Nee, Quatsch... Montag ist super, es ist nur... eigentlisch habe isch Montag schon was vor! Na, muss isch halt verschieben!«
»Würde Ihnen vielleicht Dienstag besser passen, Herr Matzinski?«
»Oh, danke... ja, dann sehen wir uns am....«
»Dienstag...«
»Das ist mir total peinlisch... aber... das ist echt blöd... aber Dienstag hab isch 'n Arzttermin.«
»Hmmm... Gut, Herr Matzinksi, in Anbetracht der Umstände... nehmen Sie sich die zwei Tage und am Mittwoch sehen wir uns... am *Mittwoch*, in Ordnung!«
»Mittwoch, Mittwoch, Mittwoch.... jaaaaa... nee, tut mir leid. Tut mir wirklisch leid!«
»Herr Matzinksi... also, das macht nicht gerade einen guten Eindruck, was Sie hier machen!«
»Boa, isch entschuldige misch, Herr Bode, Sie haben mir eine tolle Möglischkeit gegeben und isch will natürlisch alles tun, um der Herausforderung gerescht zu werden.«
»Also dann... Mittwoch?«
»Nee, das geht nisch, hab isch doch schon gesagt gehabt!«
»Hören Sie, Herr Matzinski... normalerweise mache ich das nicht, aber ich bin bereit, Ihnen die erste Woche komplett frei zu geben, die holen Sie dann Anfang nächsten Jahres nach... aber dann sehen wir uns am übernächsten Montag pünktlich um 8 Uhr, okay?«
»Isch kann da nisch!«
»So, Herr Matzinksi, das reicht mir jetzt. Ich habe Ihnen eine

Chance gegeben, Sie weigern sich zu kooperieren, dann muss ich mir halt jemand anderen suchen. Es gibt ja genug Menschen, die gerne sofort anfangen würden!«
»Bitte, Herr Bode... isch brauche diesen Job. Isch habe dieses Jahr 400 Bewerbungen rausgeschickt und nur Absagen gekriegt! Bitte, feuern Sie mich nisch. Isch habe Schulden, 20.000, und isch bin doch erst 24, isch brauche diese Arbeit. Bitte!! Bitte!!!«
»Herr Matzinksi... ich verstehe Sie nicht. Ich habe Ihnen doch den Job angeboten. Sie müssen nur zur Arbeit erscheinen, mehr nicht! Also: wollen Sie diesen Job? Ja oder nein?«
»Ja, na klar will isch, isch bin doch nisch blöd!«
»Also Sie wollen ihn?«
»Jaaaa, Mensch, natürlisch!«
»Können wir dann *bitte* endlich damit aufhören, diese blöden Spielchen zu spielen, und Sie treten Montag früh hier an!?«
»Alles klar... Montag... aber isch kann erst um 16 Uhr da sein am Montag, weil, na ja, isch meinte ja eigentlisch...«
»In Ordnung, aber am Dienstag kommen Sie um 8!«
»Isch kann doch Dienstag nisch!«
»Am übernächsten Montag um 8!«
»Um 10, okay?«
»Um 10, in Ordnung! Und jetzt machen Sie, dass Sie rauskommen!«
»Vielen Dank, Herr Bode, Sie werden's nisch bereuen!«
»Auf Wiedersehen, bis in... zwölf Tagen!«
»Warum in zwölf Tagen?«
»Na, am übernächsten Montag, das haben wir doch jetzt wirklich geklärt!«
»Ach, der Montag... isch verreise aber für zwei Wochen jetze

mit meiner Freundin in die Türkei. All inclusive und so!«
»Herr Matzinski... wann würde es *Ihnen* denn passen, bei uns anzufangen?«
»Kann isch mir das jetzt aussuchen?«
»Ja, sagen wir mal, Sie *könnten* es sich aussuchen, welcher Termin?«
»Na, wenn Sie misch so fragen: Mai.«
»Mai... das sind noch fünf Monate bis zum Mai!«
»Nein, Sie meinten doch, wenn isch's mir aussuchen *könnte*!«
»Herr Matzinski, ist Ihnen eigentlich bewusst, was Sie hier machen!?«
»Wieso denn? Sie meinten doch wenn... *wenn* isch's mir aussuchen könnte!«
»Warum denn erst im Mai verdammt noch mal?«
»Na, dann könnt isch bis dahin noch 'n bisschen ausruhen und so!«
»Herr Matzinski, Sie sind seit zwei Jahren arbeitslos, wovon müssen Sie sich denn bis dahin großartig ausruhen?«
»Na, der ganze Bewerbungsstress. Das war schon hart mit den ganzen Kopien, die Fotos und so.«
»Sie wollen sich also fünf Monate von ein paar Passfotos erholen, habe ich das... richtig verstanden?«
»Voll gerne!«
»Also, Herr Matzinski, hier ist mein letztes Angebot: Ich besorge mir bis Mai eine studentische Aushilfskraft, und dann fangen Sie hier an. Bis dahin sollten Sie ja genug Zeit haben, um sich... auszuruhen. Und das bleibt bitte unter uns!«
»Ginge auch Juni?«
»Raus!«

»Aber isch muss...«
»RAUS!!!!! Raus mit Ihnen sofort!!!«
»Bitte, isch brauch diesen Job! Es war mein Fehler, es tut mir leid. Mann, isch muss auch escht alles vermasseln. Isch bin normalerweise nicht so. Es tut mir leid! Bitte, bitte... isch mach auch alles, was Sie wollen! Isch komm, wann Sie wollen, auch am Wochenende, und isch arbeite den ersten Monat umsonst. Ganz ohne Geld, nur damit Sie sisch davon überzeugen können, dass isch der Richtige bin. Bittteeeee...«

...

»Montag in zwei Wochen?«
»Da kann isch nisch, Mann!!! Check das doch endlisch, du Opfer.«

JEWISH PRINCESSES.
EIN MINI-THEATERSTÜCK.

Tochter: »Puhhh... da wären wir also, die Wohnung meiner Eltern... du weißt, wie wichtig es ist, dass du einen guten Eindruck machst bei meinen Eltern, *Bubi*!?«
Bubi: »Ja, Leonora, das haben wir doch schon tausend Mal besprochen... ich weiß schon: keine blöden Witze und wenn, dann nur mit jüdischem Bezug, keine Kommentare über das Essen von deiner Mama, usw... ich schaff das schon... ich bin bereit!«
Tochter: »Ich liebe dich, Bubi!«
Bubi: »Ich dich auch, Leonora!«

Sie klingeln an der Tür.

Mutter: »Avner, nimm deine Socken von der Couch, sie sind da!«
Vater: »Ja ja...«
Mutter: »Ohhhhh.... was für eine Freude... kommt herein Kinder!«
Tochter: »Mama... *das* ist Bubi... äh... David!«
Mutter: »David... ich freue mich, dich endlich kennenzulernen, Leonora hat schon so viel von dir erzählt!«
Bubi: »Frau Goldberg... die Freude ist ganz meinerseits!«
Mutter: »Oh, nenn mich bitte Rachel!«
Bubi: »Vielen Dank!«

Mutter: »Avner... was machst du da? Komm her!
(zu den Kindern:) Mein Mann ist immer der Letzte...«
Bubi: »Eine wunderschöne Wohnung haben Sie, Frau... äh... Rachel!«
Mutter: »Oh Danke, weißt du, wir haben ein bisschen hier ein bisschen da, ein bisschen Ikea, hahaa...«
Bubi: »Hahaaa... na, hat nicht jeder ein Billy Regal irgendwo stehen?«
Mutter: »Natüüüürlich... alle!«
Vater: »Shalom, ich bin Avner... nett Sie kennenzulernen..«
Mutter: »Wir sind schon auf *du*, Avner...
(*zu den Kindern:)* Er merkt alles immer als Letzter... kommt Kinder, ich habe Essen gemacht!«

Bubi (flüsternd): »Und, Schatz, wie mach ich mich bis jetzt?«
Tochter: »Ganz gut, ich glaube sie mögen dich.«
Bubi (zu sich selbst): »Yessss...«

Eine halbe Stunde später.

Mutter: »Und dann hat Avner dem Fotografen 20 Shekel gegeben und gesagt: Fotografieren Sie doch lieber ihren Popo! Hahaaaa!«
Bubi: »Hahhaaaaaa... sehr witzig, Rachel, wirklich sehr witzig!«
Mutter: »David... erzähle uns doch ein bisschen von *dir*! Was machst du beruflich?«
Bubi: »Na klar... ich arbeite in einem führenden deutschen Unternehmen als Assistant Consulting Brandmanager!«
Mutter: »Was ist das? Was machst du? Konkret!«
Bubi: »Ja, haha, das versteht niemand so genau... also...

ich analysiere unsere Datenbanken und stelle Verknüpfungen her zwischen Kundendaten und geplanten Marketingmaßnahmen!«
Tochter: »Mama... David macht Business!«
Mutter: »Ahhhh, Business... wundervoll... weißt du, der Neffe von Ruthi macht auch sowas... letztes Jahr hat er gemacht vier Millionen, sagt man...«
Bubi: »Na, in diiiiiesen Bereichen bewege ich mich *noch* nicht...«
Tochter: »Aber vielleicht bald, stimmts David?«
Bubi: »Na ja, ich glaube bei der derzeitigen Finanzlage...«
Mutter: »Oj Hashem, warum strafst du uns...?«
Tochter: »Stimmts, Da-vid!????«
Bubi: »Aber k... klar, in ein paar Jahren bestimmt! Jetzt ist ja auch gerade wieder Wirtschafts... äh... Aufschwung!«
Vater: »Oh, a gute Partie, jo?«
Mutter: »Gut, und sag mir, David, deine Eltern, was machen sie?«
Bubi: »Also mein Papa ist bei der Post und meine Mama ist... zu Hause...«
Mutter (traurig): »Ahhhhh...!«
Tochter: »David...«
Bubi: »Achso... hehe... ich meine natürlich... nicht *bei* der Post... gehört... meinem Vater *gehört* die Post...«
Mutter (glücklich): »Ahhhhh!«
Bubi: »Ja... und viel mehr gibt es über mich eigentlich nicht zu sagen außer... dass... dass... dass ich heute... um die Hand eurer *Tochter* bitten möchte.«
Mutter: »Oj Gewalt!«
Vater: »Ach!«

Bubi kniet nieder, öffnet eine Schatulle und holt einen Verlobungsring heraus.

Mutter: »Ein Heiratsantrag, dass ich das noch erlebe!«
Tochter: »Bubi...«
Mutter: »Und was für ein schöner... kleiner Ring!«
Tochter: »Mama!«
Vater: »Er ist wirklich sehr klein...«
Tochter: »Papa!«
Bubi: »Mit diesem Ring möchte ich dich zur Frau nehmen, Leonora!«
Mutter: »Oh, mein Herz... Warum uns, Hashem, warum passiert das uns!?«
Bubi: »Aber Frau... äh...«
Vater: »David!«
Bubi: »Ja, Herr... äh... ja, Avner!?«
Vater: »Kumm mal mit in die Kiche... ich mejchte kurz mit dir rejdn!«
Bubi: »Natürlich, aber dürfte ich bitte zuerst Leonoras Antwort...?«
Vater: »Nu kumm schojn, hören konnst du spejter... wirst ja nicht taub in die zwej Miniten!«
Bubi: »Okaaaaay«
Mutter: »Ojjjj«

Bubi und Avner gehen gemeinsam in die Küche.

Vater: »Dovid, du schejnst zu sejn a nette Bucher... ich mog dich... du bist okay. Aber, wus hoste gedocht zu kojfen a soj a kleyne Ringalach fir meyne Tochter. Sieht aus wie von a Kaugummiautomat fir die Kindarlach?«

Bubi: »Aber... dieser Ring hat mich einen ganzen Monatslohn gekostet!«
Vater: »Egol, Dovid... von Mann zu Mann... wir hoben es hier zu tun mit jiddische Frauen. Do konnst du nicht kimmen mit a winzige, verkäckte Schmuckstück. Jahreslohn. Mindestens! Verstejst?«
Bubi: »Äh... nein, ich verstehe nicht!«
Vater: »Die Ring... die Ring fir wos ihr werdet später tragen, wenn die Chuppe ist gemocht und ihr sejd Mann und Frau, diiiese Ring ist nicht wichtig a soj. Aber die Ring fir die Verlojbung, a sochen wej, Jingalach, moch nischt kejne Dummheiten... muss sejn a riesige Klops mit funkelnde Steinarlach. Mit a Diamont so grojss wie a Hirn von a Kolb, verstejst? Muss sejn so grojss, duss man konn sejn von die Nochborn... un lejchtn so hell, doss mon konn gejn ojfm Kudamm domit um zwej in die Frih... dus wollen se, unsere jiddischen Mejdalach. Se wolln kejn Ring nischt, sondern a Girtel fur die Hond!«
Bubi: »Ach, so ist das also!«
Vater: »Jo Jingalach, a soj! Und nun mir gejn herüber zu die Fraun, bevor sie werden meschuggas!«

Mutter: »Ahhh, da sind die Herren ja wieder.«
Bubi: »Ja!«
Mutter: »Meine Tochter und ich haben uns gerade unterhalten über diesen... sehr... interessanten Verlobungsring.«
Bubi: »Ach der... nein, das ist garnicht der Verlobungsring!«
Tochter: »Waaas?«
Bubi: »Nein, nein, das ist eine alte lettische Tradition. Das ist der Manweißnochnicht-Ring!«
Tochter: »Was redest du da, David?«

Bubi: »Ja, solange man noch nicht weiß, ob die Braut ja oder nein sagt... gibt man ihr einen ganz unspektakulären Ring... und dann, wenn sie ja sagt, dann gibt man ihr den Verlobungsring... und dann, wenn sie richtig ja sagt, dann gibt man ihr den Ehering!«

Mutter: »Ojjjjj... Hashem, danke, danke, danke... ich werde auch extra große Kekse backen für den Wizo-Basaar dieses Jahr!«

Bubi: »Und?«

Mutter: »Was und?«

Bubi: »Nein, die Frage war an Leonora gerichtet... Und? Möchtest du meine Frau werden?«

Tochter: »Oh ja, mein Bubi, oh ja!«

Vater: »Mazal Tow!«

Mutter: »Oj, ich muss gleich die ganze Chewre anrufen. Den Menachem und die Linda und die Rivka und den Krüger und die Finkenbergs und den Norman und die Soifers... ah.... und Yori von die Gemeinde und Natascha von die Yogakurs und, und, und!!!!«

Bubi: »Oh Leonora...«

Tochter: »Oh David, ich freu mich ja so sehr!«

Mutter: »Oj Kinder, und morgen ich rufe an in die Marriott und reserviere schon für die Hochzeit!«

Bubi: »Moment mal... wieso das Marriott? Ich dachte eher an etwas... Kleineres.«

Mutter: »Nu gut, dann eben die Interconti, macht a Unterschied!?«

Bubi: »Nein, nein, ich meinte... warum denn ausgerechnet in so einem protzigen Hotel... das ist doch voll... unpersönlich! Wir könnten es doch im kleinen Kreis machen. Ich weiß nicht, vielleicht beim Griechen oder so... klein aber fein!«

Vater: »Wus fir a Grieche, bist du geworden varrikt, Dovid?«
Mutter: »Leonora, was hast du uns gebracht so einen komischen Schwiegersohn? Warst du wieder auf diese Internet, Schminternet, J-Date, Schmejdate? Keine Naches in unserem Leben!«
Vater: »Dovid, kumm noch a mal her zu mir, kumm mit, Jingalach!«
Bubi: »Wie, schon wieder?«
Vater: »Nu kumm schojn!«

Sie gehen wieder in die Küche.

Bubi: »Ja, Herr... äh... ja, Avner!?«
Vater: »Jingalach, biste geworden meschugge? Wus erzäjlst du vin a klejne Hochzejt? Willste bekommen aff di Kopf die Zorn von zwej jiddische Wejberlach!!? Nuch niemols... nuch niemols nicht in die Geschichte der Jiddn chot's gegejben a Hochzejt, klejner ols 300 Nomen ojf de Liste.«
Bubi: »Aber, das ist doch Wahnsinn, wir kennen nicht mal 300 Leute...«
Vater: »Dus ist nicht vin Bedejtung, Jingalach, dus ist nicht die Idej. Wenn unsere Mejdalach hejraten, donn fir die Mamme, verstejst, fur die Mamme, nicht fir sich selbst... und die Mamme hot Frejnde und Chewre und andere Mammes, vin Mejdalach, die hoben noch kejnen Chosen, verstejst, und die Mamme vin der Khalle will zejgen, doss ihre Mejdel iss besser ols die Mejdalach vun die andere Mammes... Und zu dus man muss ejnloden zu der Chuppe Menschen, ojjjjj, viele Menschen... und wus fir Grieche? Muss sejn a gigantische Hotel mit a grejsse Sool und Buffet und...«
Bubi: »Danke, Avner, aber Leonora und ich haben das bereits

besprochen und wir waren uns beide einig, dass...«
Vater: »Ejnig? Ihr wort ejch ejnig? Ejnig iss mon nur in die Grob!«
Bubi: »Puhhhhh! Oh Mann.«
Vater: »Und nun gej, und moch es geschejt, nu... stej nicht so do wie a Kaktus in a Strassenbohn!«

Bubi und Avner betreten das Esszimmer.

Mutter: »Na, da seid ihr ja wieder!«
Vater: »Jo, do sind wir wieder!«
Bubi: »Leonora, Frau... äh... ich meine: Rachel... ich glaube wir haben einander missverstanden... zum Griechen... hahaaa... nein, nein, da gehen wir heute *Abend* hin zur Feier des Tages natürlich... aber da machen wir doch nicht unsere Hochzeit... hahaaaaa... das war wirklich ein Missverständnis!«
Mutter: »Ohhhhh... komm her, mein Schwiegersohn, endlich habe wir Mazel... Mazel, Mazel, Mazel!«
Bubi: »Und geheiratet wird natürlich im größten Ballsaal der Stadt und wir laden 300... ach was... 400... 500 Leute ein, damit alle anderen Mütter sehen können, dass...«
Vater: »Dovid!«
Bubi: »Äääääh, damit alle sehen, wie sehr wir uns lieben!«
Mutter: »Du bist ein Goldjunge!«
Tochter: »Oh, David, ich bin so glücklich!«
Bubi (apathisch flüsternd): »Ich auch Leonora...!«
Mutter: »Ohhhh, ich mache gleich eine Liste!«
Tochter: »Ja, Mama, und dann gucken wir nach einem Schneider für mein Hochzeitskleid...«
Mutter: »Jahahaaaa...«

Vater: »Dovid!«
Bubi: »Ja Herr... äh... ich meine, Avner!«
Vater: »Ich muss rejdn mit dir noch a mol!«
Bubi: »Was gibt es denn jetzt noch?«
Vater: »Kumm mit mir, kumm, wird sejn gut!«

Sie gehen ein weiteres Mal in die Küche.

Bubi: »Was hab ich denn jetzt schon wieder falsch gemacht?«
Vater: »Niiiiiichts, Jingalach, gor nichts... aber ich muss dir noch sogen ejne Soch: In die Nocht, noch die Chuppe, in die Bett mit mejne Tochter...«
Bubi: »Äh, reden Sie etwa von der Hochzeitsnacht?«
Vater: »Jo, jo, die Nocht von die Hochzejt, nu, die, wo ihr werdet mochen....«
Bubi: »Ich würde ganz gerne NICHT mit ihnen darüber reden, was ich mit ihrer Tochter in der Hochzeitsnacht machen werde, wenn es möglich ist!«
Vater: »Sej kejn Schmendrik... ich hob doch gesejn, wieviel du wejst vin jiddische Frauen. Hör mir zu, Jingalach!«
Bubi: »Nein, nein... bitte, Herr... äh... Avner, *das* ist wirklich *unsere* Sache!«
Vater: »Nu guuuut!? Wenn du mejnst a soj... du grojsse Heiratsexperte... ich hobe gesejn du host a kleeeeejne, kleeeejne Ring fur mejne *Tochter* und du willst mochn a kleeeeejne, kleeeejne Chuppe.... und ich dochte... vielleicht etwas onderes... ist auch.... ist... ist auch... kleeeeeeejn!?«
Bubi: »Was? Dass ich ´n kleinen Schmock habe, oder was?«
Vater: »Dovid... nejn, nejn, wus denkst du? Wus Schmock? Ich dochte, viellejcht die Zimmer ist zu klejn, wo ihr werdet schluffn...?«

Bubi: »Ach so... Puhhh, ich dachte niemals, dass heiraten so eine schwierige Angelegenheit wäre?«
Vater: »Hejraten? Schwierig? Oj, Jingale... hejraten ist nicht schwierig... se wieder loswerden... *dus* ist schwierig!!! Und wenn de dich drejst im Kreis und tanzt ojfm Dach!«

ODE AN DIE KIOSKFACH-VERKÄUFERIN.

Ich schaue in den *Spiegel*
Doch ich sehe nur dich
Ich komme seit zwei Jahren
Doch du bemerkst mich nicht

Manchmal nehm ich 'ne *Bild* von dir
Doch der Inhalt lässt mich kalt
Ich mach das nur um dich zu sehen
Denn ich bin ganz arg in dich verknallt

Mein *Focus* liegt auf deiner Hand
Du bist so nah und doch so fern
Und manchmal wenn ich traurig bin
Dann reichst du mir einen *Stern*

Jugendliche wollen oft *Popcorn* von dir
Bravo, sagst du, ist auch ganz hip
Und ist die *Zitty* mal wieder ausverkauft
Gibst du mir schon mal 'nen *Tip*

Wenn die *Wirtschaftswoche* lang war
Und das Leben gibt mir keine Ruh
Dann komme ich bei dir vorbei
Und sage nur ein Wort: *Hörzu*

Manchmal hast du keine *Zeit* für mich
Du sagst: Komm nächste Woche wieder
Und legst du mir die *Welt* in die Hand
Zucken manchmal deine Augenlider

Ein *Playboy* bin und war ich nicht
Ich hab kein *Penthouse* und 'n Durchschnittsgesicht
Ich trage keine Seide, sondern Cord
Und lese gerne die *Auto, Motor, Sport*

Schon viele klopften an meine Tür
Doch ich versteckte mich auf meinem Balkon
Sie kamen, um mich hart zu strafen
Mit einem Zeitschriftenabonnement

Dann gäb's keinen Grund mehr, dich zu sehen
Bei dir um *essen & trinken* anzustehen
Und abzuhängen in deiner Ladenmitte
Mit *Amica, Maxim* und *Brigitte*

Du bist so *Vogue* und so *Tomorrow*
Und hast so tolle, lange Beine
Und wenn ich nicht mehr weiter weiß
Gibst du mir 'ne *Frankfurter Allgemeine*

Ich will so gern mit dir *Schöner Wohnen*
Ich würd am liebsten dein Lächeln klonen
Lass mich deine *Zweite Hand* sein
Dann wär ich niemals, niemals mehr allein

HITLER.

Warum immer Hitler?
Fast in jeder Geschichte!
Ich kann's nicht erklären.
Er ist einfach überall:
In meinen Gedanken, Träumen, Worten.
Er hat einfach so viel Mist gebaut!
Ist doch nicht *meine* Schuld! Oder?
Mann, dieser Hitler aber auch!

Adolf.

Wollt's einfach nur mal schreiben, so dass jeder es sieht und ich mir nicht komisch vorkomme, weil ich irgendwo für mich alleine dieses Wort hinschreibe.

Floda (Adolf rückwärts)
Dolf (Adolf ohne A)
A (Adolf ohne Dolf)
(Adolf ohne Adolf)

ADOLF!!! Verschwinde endlich aus meinem Kopf!!
Ich hasse dich, du *Schweine*!
Ich wurde tatsächlich einmal von einer Obdachlosen als »Schwein« im Plural angebrüllt. Es war kein anderer Mensch weit und breit. Vielleicht meinte sie nicht mich sondern die Gesellschaft. Ich weiß es nicht. Hitler!
Da ist er wieder.

EPILOG/ DER DIGITALE AUTOR.

Schreiben ist mein Leben.
Leben ist mein Schreiben.

Weswegen ich das hier schreibe?

Wenn Schreiben Leben ist und das Leben sich rasant verändert, dann verändert sich das Schreiben genauso.

Ich weiß nicht was Schreiben früher hieß.
Ich weiß genauso wenig, was es heute heißt.
Ich mach es einfach.

Zahlreiche Legenden und Klischees sind mit dem Schreiben verknüpft. Eremitische Askesen in französischen Bauerndörfern, Leute, die verzweifelt vor ihrer ausrangierten Schreibmaschine sitzen und alle 10 Sekunden das Blatt herausreissen, es zerknüllen und in den Papierkorb werfen, der bereits so voll ist, dass das Papierknäuel abprallt und auf dem Boden landet. Frauen, die mit ihrem letzten Geld bei Starbucks einen Kaffee trinken und nach einem Inspirationsblitz die Geschichte eines jungen Zauberlehrlings auf eine Serviette kritzeln. Freaks, Gelehrte, Promis, Normalos,

Comedians, Rockstars, Doktoren, undefinierbare Zeitgenossen, Kafka, Mann, Bukowski und etwa eine Quintilliarde andere.

Alles Stinkekäse.

Wer schreiben will, der schreibt.
Wer schreiben muss, der kann gar nicht anders.

Mythen sind was Feines. Man soll sich nur nicht zu sehr von ihnen vereinnahmen lassen. Mein Credo: Mach dein eigenes Ding! Scheiß auf Erwartungen, Meinungen, Konventionen und Traditionen!

Wie schon eine Zeile im »Liebeslied« der Absoluten Beginner:
»Und sieht dein Leben manchmal doof aus
Mach's wie ich, hol mein Philosoph raus,
schreib 'n Text, komm dann groß raus.«

Nach dem Erscheinen von Berlin Fucking City I wurde ich auf mehr oder weniger drei verschiedene Arten darauf angesprochen:

1. Wieviele Seiten hat das Buch?
2. Wieviele Bücher hast du schon verkauft?
3. Um was geht es in dem Buch?

Alle drei Fragen haben ihre Berechtigung und dennoch hat mir meistens eine Frage gefehlt. Nämlich:

4. Macht es dich glücklich?

Ja, verdammt... es macht mich SEHR glücklich!!! Ich habe mein Leben lang davon geträumt, mein eigenes Buch in den Händen zu halten, es zu küssen, es zu lecken, es zu essen!

Ja, verdammt... es erfüllt mich, Menschen damit zu berühren, zu erschrecken, zu befriedigen, anzuwidern, zu erheitern, zu zerstören, zum Nachdenken anzuregen.

Ja, bliat... es ist geil, ein Autor zu sein! Und darum geht es doch bei Allem. Das zu *lieben* was man tut. Oder etwa nicht!?*

Und sonst?

Hier ein kleiner Schnelldurchlauf zur Entstehung von Berlin Fucking City II mit dem Titel »Der Digitale Autor«:

Ich schlecke an einem Blaubeereis. Die Eiscreme schmilzt auf meiner Zunge und ich kann deutlich spüren, wie sich Zucker und Farbstoff noch in meiner Speiseröhre voneinander trennen. Auf einmal hab ich ′ne Idee, geil! Bevor ich sie vergesse, tippe ich sie in mein Nokia E 61 Smartphone. Jetzt sind schon wieder zehn neue Notizen drin. Schicke sie per Bluetooth auf meinen Laptop. Fünf davon sind erbärmlich, drei sind so lala, zwei sind ziemlich gut, eine ist bombig! Kriege Gänsehaut auf der Zunge. Und diesmal ist es nicht das Eis. Das wird ′ne neue Story. Ich tippe den Anfang noch im Auto. Die Mitte in Mitte. Zwischendurch esse ich ′n Dürüm bei Hasir. Gestärkt mache ich mich ans Ende. Warum nicht

* Nur der Fairness halber die Antworten zu den anderen drei Fragen, in der Hoffnung, dass ich sie nie wieder zu hören bekomme:
1. 252 2. Auf jeden Fall mehr als die Seitenzahl ;) 3. Lies es, du Arschloch!

den Schluss am Schloss (Charlottenburg) schreiben? Got my Vaio, got my Wifi. Überall. Mobile Flatrate. Die Sonne scheint mir auf die Glatze. Mit meinem Intel® Core™ (hier bitte Soundlogo dazudenken) 2,5 GHz Lappi auf dem Schoß, sitze ich unter einem Baum und rauche ′ne rote Gauloises. Schicke die Story per E-Mail an einen Freund, der gerade auf Skype ist. Er sagt: gut. Gut ist gut! Wenn sich deine Schulter bewegt... dann *seh* ich das! Ersten Feldversuch hinter mir. Leben in der Wiederholung. Zehn Tage: zehn Geschichten. Wow, das könnte ′n neues Buch werden. Dann die Blockade. Geht nichts mehr. Kommt nichts mehr. Intellektuelle Impotenz. Ruhig bleiben. Drei Tage wach. Notfallpotheke. Gibt's was in der Richtung Creative Viagra, bitte? Nee, aber Lutschbombomms haben wa! Danke Anke. Wochen vergehen. Nicht verzagen. Multitasking fragen. Erst Ying, dann Yang. Zeit nutzen. Mediokratie rulez. Redesigne solange meine Homepage in Flash, setze sie in Dreamweaver, lade sie mit FlashFXP auf meinen Webspace bei 1und1. 25-fache DSL-Geschwindigkeit. Beam me up, Scottie! Hmm... ′n paar Storys habe ich ja schon. Lese eine davon laut vor meiner HD-Kamera. Stative und Beleuchtung sind was für Langweiler. Es ist Sommer, Mann! Setze mich ans Wasser. Da gibt's Hammerlicht für lau. Und zwar das richtige... von ganz oben. Film ist fertig. Zeug per Firewire auf PC. Schneide in Premiere Pro (Final Cut ist für Pseudos). Na gut, noch ′n bisschen 3D-Max und After Effects. Optimiere Sound in Audacity. Komprimiere mit Dr. Divx, lad's auf Youtube. Und auf Blogger. Und auf Facebook. Da adde ich auch gleich mal fünf neue Freunde. StudiVZ ist wirklich, wirklich, *wirklich* was für krasse Peinos und Schwuchteln (im Sinne von: Loser... ich hab nichts gegen Homos). Hab Bock wieder live zu performen. Suche ´n neuen Hotspot. Strandbar. Quatsche es ab, mach ´n Termin. Drinks für ihn, Eintritt für mich. Entwerfe ´n Flyer in Photoshop. Schicks über G-Mail an meinen Verteiler. Scheisse, Mann, ich hör mich gerade ´n bisschen an wie das Chamäleon, wa!? Okay!!!! Ich bin es. Ja!! *Heulkrampf* Verdammt: Ich bi-hi-hin e-he-hes!!! Ich bin so dezentral, feudal und asymmetrisch. Nee, Mann, Joke. Okay: Ich bin's, aber nur zu circa 25%. Ischwöre. Fuck! Egal. Hitler! Weiter im Programm. Welches Programm wieder? Ahhh ja! Firefox. Die jute alte Feuerfotze. Wieder auf Facebook kreiere ich ´n neues Event. ´N paar Stunden später: Wow, schon 92 Zusagen. Gestern noch Normalo. Heute zwei Interviews. Eins mit ´nem Blogger und eins mit ´nem echten Journalisten. Morgen Audienz beim Papst? Steige in meinen goldenen 1970er Opel GT und verbrauche allein auf dem Weg zur nächsten Seitenstrasse 2 Liter schwarzes Gold Super Bleifrei. Ich geb Gas. Ich will Spaß. Sehe an ´ner Bushaltestelle einen Anzugträger mein Buch lesen. Sehe ein 40-jähriges Girlie im Ferrari mein Shirt tragen. Sehe bei meiner Lesung ein biederes Ehepaar über die dreckigste Textpassage von allen laut lachen. Sehe einen Kommentar von einem Typ aus Vietnam unter meinem neuesten Youtube-Video. Was ist los mit der Welt? Haben die nichts Besseres zu tun??? Auf einmal ein Zucken im vorderen Hirnlappen. Tourette? Epilepsie? Mini-Orgasmus? Oder etwa... Inspiration! Geistesblitz! F.L.O.W.!!! Das Schicksal läßt mich an seinen süßen Zitzen nuckeln... mmhhh... gib... gib alles... lecker... aaaahhhh... ich schreibe und schreibe und schreibe. Tage werden zu Stunden. Die Nacht wird zum Tag. Esse Zwieback und trinke Leitungswasser. Darf das schöpferische Zeitfenster nicht vergeuden für Nichtigkeiten wie Einkaufen, Schlafen, Duschen.

Selbstgewählter Kreativitätsknast. Der Bart wächst. Das soziale Umfeld schrumpft. Höre tagelang einen einzigen Song auf iTunes in 'ner arschgefickten Endlosschleife. Und weiß nicht mal den Titel. Ist eh illegal runtergeladen. Ja, Mann! Und nicht nur der! Kommt doch und holt mich. Ich scheiß auf eure Gesetze. Unterhaltung ist Allgemeingut. Ich zahle dafür indem ich der Welt etwas zurückgebe. Mein Buch. Lest es umsonst. Verleiht es. Teilt es. Ich freu mich drüber. Ja, ihr konservativen Sesselfurzer vom Matador: es hat Rechtschreibfehler! Wichst euch doch einen drauf. Aber wenn ihr kommt, dann spritzt bitte auf die 214. Seite des aktuellen Dudens direkt auf das Wort Hurensohn. Anklagen der kleinen Seelen. Pure Motivation. Ich schreibe weiter. 32 literarische Hirnnachgeburten später spüre ich es: Berlin Fucking City II is ready for lift off. A small step for mankind, but a giant leap for the Kramer. Nimm es, Welt! Es ist dein. Stolz in jeder Faser meines Körpers. Ein Glück, dass keine Nadel, keine Muschi, kein Glas und kein bunter Schein mir geben kann. Weil es echt ist. Weil es Ich ist. Über-Ich. Es Freud mich. Das schwarz-weiße Logo mit den schmutzigen Buchstaben (Downcome) und dem kleinen Fernsehturm (Google Bildersuche) obendrauf. Ich schlafe damit ein. Ich wache damit auf. Ich esse es, ich trinke es, ich atme es, ich liebe es. Ich trage es um meinen Hals und hänge es an die Pfosten meiner Tür. Weiter. Kopiere den fertigen Text von Microsoft Word 2007 in Adobe InDesign CS3. Konvertiere die Datei als PDF... und weg ist sie. Eine Heidelberger Speedmaster SM 52 Druckmaschine presst 90g/qm holzfreie Offsetbögen aus ihrem stählernen Anus. Genesis. In einer Windel aus 4/4-farbigem 300g/qm Chromo-Sulfatkarton mit Glanzfolienkaschierung sitzt mein Baby hundertfach gecloned mit

Klebebindung. Exodus. Auf Amazonverkaufsrang #361.163 wird es bestellt von Kunden, die auch »Viva La Vida« von Coldplay, »Word of Mouth Marketing« von Andy Sernovitz und »Jetzt mal Klartext über Huren: Wie man Zuhälter wird und bleibt« von Don Rolando kauften. Per DHL direkt nach Hause. Ihr Geld fließt aus einer 12-stelligen Kreditkartennummer mit 3-stelligem Sicherheitscode über den Server durch tausende Kilometer dicker Glasfaserkabel hindurch in eine winzige Höhle weit unter dem Meeresspiegel. Dort wandeln hodenlose Exil-Isländer die Ziffern mit Solarkraft und klassischer Musik in Gold um, dass sie zu klitzekleinen Glöckchen einschmelzen und diese um die Hälse von Milka-Schokohasen hängen. Sie werden in gigantischen Frachtern containerweise zu meinem Pseudo-Verlag geschmuggelt und dort an einen jüdischen Juwelier verscherbelt, der wiederum 10% des Gegenwertes auf mein Konto überweist. Wenn die Kohle bei mir eintritt, erhalte ich eine anonyme SMS bestehend aus einem einzigen Wort: Showtime! Davon hole ich mir dann eine Kugel Blaubeereis... und alles beginnt von vorne.

Warum schreibe ich dies?

Ja, weil ich schwerst psychisch krank und nur beschränkt lebensfähig bin und betreutes Wohnen brauche aber eigentlich: Weil ich jeden, der jemals daran gedacht hat, seine Gedanken einer Öffentlichkeit zu präsentieren, mit ganzem Herzen ermutigen möchte, es zu tun!

Lasst euch nicht von ängstlichen Menschen ins Hirn kacken! Angst ist zerstörerisch. Kunst ist schöpferisch.

Findet heraus, was euch Spaß macht!

Ganz egal ob nun Schreiben, Zeichnen, Designen, Singen, Komponieren, Rappen, Mixen, Spielen, Formen, Tanzen, Filmen, Schneiden, Kleben oder den stinklangweiligen Stani-Job mal anders machen!

Tut es. Probiert es aus. Scheitert. Seid erfolgreich.
Fickt das System - nutzt das System.
Seid ihr selbst - Werdet ihr selbst.

Traut euch!
It's the fucking 21st century!
Everything is possibly possible!
Viel Erfolg!

Willy Kramer
im Juni 2008.

P.S.: Falls ich irgendwie behilflich sein kann, meine E-Mail ist willy@berlinfuckingcity.com (oder Facebook: Berlin F'cking City)

P.P.S.: See you @ Berlin Fucking City III.
...and if you *don't* know, now you *know*!!!!!

DANKE. MERCI. TODA.

Ich danke hiermit allen Menschen, die mir mit ihrem Lob oder ihrer Kritik, ihrem Verriss, ihren Zweifeln, ihrem Glauben, ihrem Tadel, ihrer Dankbarkeit, ihren Ideen, ihrer Hilfe und Unterstützung diesen noch jungen Weg so spannend und ereignisvoll gestaltet haben.

Get ready:

Hashem (cuz it's all you!), Fräulein Bonitz, Ansonsten, Ivrit, Habibi, Al, Jockel, Sachertorte, Iljowitsch, Stricherkind, the notorious B.O.B., Cousinchen, the Bulgarian, I.S. (the Reluctant Hero), E-Rez, Maxim, Bella & Mahmoudi, rEbEcCa, Uli, M-Käfer, Martin, Tiger, Little Drama, the Chibacs, Jelep, el-Arrrabie, Yael & Ilanit, Schnizzl, Snorsnik und ganz besonders Mama! Love y'all infinitely!

Außerdem danke ich allen Teilnehmern von »Deine Stimme schreibt mit«, einer Mitmachaktion auf meinem Blog (www.co-autor.de), bei der Fans den Inhalt von mehreren Geschichten in diesem Buch mitbestimmt haben.

ÜBER DEN AUTOR:

Schon im zarten Alter von sechs, forderte Willy Kramer von seiner Lehrerin mehr Zeit im Unterricht um seine literarische Ader ausleben zu können. Kramer sah sich mit ersten Plagiaten konfrontiert, beschloss aber keine gerichtlichen Schritte einzuleiten. Später dann folgten Gedichte und erste Kurzgeschichten.

Noch während seines Studiums an der Universität der Künste Berlin, begann er seiner zweiten großen Leidenschaft zu frönen: dem Filmen. Es folgten etliche Kurzfilme und Musikclips. Danach arbeitete er als Freelancer und anschliessend selbständig im Multimedabereich. Zwischendurch sang Kramer Soul und Jazz auf diversen Bühnen, arbeitete u.a. als Jugendbetreuer, Skilehrer und Pizzabäcker. Ein verlockendes Angebot als Stricher lehnte er dankend ab.

Als Sohn sowjetischer Einwanderer entwickelte Kramer eine besondere Perspektive auf seine Umgebung, seine Stadt und die deutsche Gesellschaft. Seit jeher studierte er die eigene Fremdkultur. Nach der Veröffentlichung seines Kurzgeschichtenbandes »Berlin Fucking City« und einer einjährigen Isolation in einem albanischen Kloster, ist er zurück mit dem Nachfolger »Berlin Fucking City 2«.

Kramers Hobbys sind Essen, Schlafen, Beten, Balzen und Zerstören. Seine literarischen Vorbilder sind seine Mutter Mina Kramer, Milan Kundera, Leon de Winter, Wilhelm Genazino, Rocko Shamoni, Woody Allen und Charles Bukowski, um nur einige zu nennen.